The Silver Mask

and Other Stories

Hugh Walpole

ミステリーの本棚

銀の仮面

ヒュー・ウォルポール

倉阪鬼一郎訳

国書刊行会

The Silver Mask
and Other Stories
by
Hugh Walpole

銀の仮面　目次

I

II

銀の仮面

I

銀の仮面

The Silver Mask

ウェストン家のディナーパーティからの帰路、ソニア・ヘリス嬢はつい近くで声を聞いた。

「すみません……ちょっとだけお時間を」

ウェストン家は通りを三つだけ隔てたところだから、歩いて帰る途中だった。あとほんの数歩で自宅の玄関に至る。すっかり夜は更け、あたりに人影はない。キングズ・ロードの喧噪もいまは幽《かす》かにしか響かなかった。

「でも、わたし……」ソニアは切り出した。寒い夜、風が頬を刺す。

「お手間は取らせません」男は続けた。

振り向くと、目の覚めるような美男子が立っていた。ロマンス小説から抜け出してきたかのようだ。背が高くて髪は漆黒、顔色が蒼白くて痩身、おまけに品がある。まったく一点の曇りもなかった。でも、身にまとっているのはみすぼらしい青いスーツで、無理もないが寒さに顫えている。

「でも、わたし……」同じことを言ってソニアは歩きだそうとした。

「ええ、わかってます」青年は口迅《くちど》にさえぎった。「みなさんそうおっしゃいます。当然です。僕も同じ立場なら関わり合いにはなりません。でも、やむにやまれないんです。妻と赤ん坊のもとへ手ぶらでは帰れません。火の気も食べる物もなく、あるのは夜露をしのぐ天井だけ。僕のせいです、みんな。お情けにすがりたくはありません。でも、満ち足りた方を見ると……」

青年は顫えていた。いまにも倒れてしまいそうだ。ソニアは思わず手を伸ばし、その体を支えた。腕に触れると、薄い袖ごしに顫えが伝わってきた。

「大丈夫です」小声で言う。「ひもじくて……どうしようもないんです」

ソニアは豪勢な夕食を済ませていた。羽目を外しかねないくらい酒も飲んだだろう。いずれにしても、ふと気づいたときには紺青色に塗られた玄関扉を開け、青年を家に招じ入れていた。馬鹿げたことをしたものだ。あまりにも若くて分別がつかなかったわけではない。ソニアはもう五十なのだ。体こそ馬なみに頑健だったものの（ちょっとした不整脈を除けば）、頭が聡明なおかげで活発なたちではなく、神経が細くて病的なところがあった若い日の自分ではない。昔とは違うのだ。

聡明ではあったけれども、ソニアには一時の感情に駆られて親切心を出してしまう悪い癖があった。これまでずっとそうだった。失敗は一度や二度にとどまらない。情が知を打ち負かしてしまうせいだ。それは重々わかっていたし、友人たちからもうるさく意見されてきた。五十回目の誕生日を迎えたとき、ソニアは自分にこう言い聞かせたものだ――もうこんな歳になったんだから、馬鹿なことはしないように。なのに、この始末だ。こんな真夜中にまるで知らない青年を招き入れている。手のつけられない犯罪者かもしれないのに。

　ほどなく青年は薔薇色のソファに座り、サンドイッチを食べ、ウィスキーソーダを飲んだ。調度の美しさにすっかり圧倒されているように見えた。「お芝居だとしたら、うまいものだわ」ソニアはそう思った。だが、青年は鑑識眼と知識を持ち合わせていた。飾ってあるユトリロの絵は初期のもので、この巨匠の作品で重要なのはこの時期だけだということ。窓の下で二人の老人が語らっているのはシッカート（一八六〇―一九四二。英国印象派の画家）の連作「中部イタリア人」の一葉であること。あの頭像はドブスン（一八八八―一九六三。英国の彫刻家）、このすばらしい青銅の大鹿はカール・ミレス（一八七五―一九五五。スウェーデンの彫刻家）、すべてわかるのだった。

「あなた、芸術家ね」ソニアは言った。「絵かきさんなの?」

「そんなんじゃありません。ヒモ、こそ泥、好きなように罵ってもらえばいいです」青年は激しい口調で答えた。「さて、もうおいとましないと」そう言い添えてソファから勢いよく腰を上げる。

　どうやら元気を回復したようだ。同じ青年とは信じがたいほどだった。つい三十分前は腕の支えが必要だったのに。青年が紳士であることに疑いの余地はなかった。おまけにびっくりするほどの美男子だ。一世紀前のバイロンやシェリーを彷彿させる。当世風のラモン・ナヴァロ（一八九九―一九六八。メキシコ生まれの映画俳優）やロナルド・コールマン（一八九一―一九五八。イギリスの映画俳優）といったタイプではなかった。

確かに出ていってもらったほうがいい。お金を要求したり、脅しめいたことをしてもらっちゃ困るから。ソニアは自分より青年のためにそう思った。もっとも、ソニアは白髪でがっしりしたあご、体つきもたくましい。脅しが効くような人間には見えなかった。どうやら青年にもそのつもりはなかったらしい。扉のほうへ歩きはじめた。

「ああ、これは」一瞬驚いて息をつめてから、青年は囁くように言った。ソニアの収集品の中で最も美しいものの前に佇んでいる。道化の顔を象《かたど》った銀の仮面だった。道化の面と言っても、永遠の哀愁を漂わせるありふれたものではない。にこやかで楽しげで喜びに満ちている。現代の仮面製作の巨匠ソラトの最高傑作に数えられる作品だった。

「ええ、すてきなお面でしょ？」ソニアは言った。「ソラトの初期作品なの。わたし、傑作だと思うけど」

「銀が道化にぴったりですね」

「わたしもそう思うわ」ソニアは同意した。そのとき、ふと気づいた。何もたずねていなかったのだ。どういう難儀を抱えているのか、かわいそうな妻と幼子はどうしているのか、いままでの来歴はどういったものなのか。でも、聞かないほうがいいかもしれない。

「あなたは命の恩人です」玄関ホールで青年は言った。ソニアは一ポンド札を手にしていた。

「そうね」上機嫌で答える。「またみんなに馬鹿だって言われそう。夜更けに知らない男を家に入れたりして。でも、こんな年増に怖いことなんてあるもんですか」

「喉を切るかもしれませんよ」青年はまじめくさった顔つきで言った。

「そりゃ、やる気になったらできるでしょう」ソニアが応じる。「でも、自分の身もただじゃ済まなくなりますよ」

「そんなことはないです。このところ、警察は誰も捕まえちゃいませんからね」

「じゃ、おやすみなさい。これ、取っといて。寒さをしのぐ足しにはなるでしょうから」

青年は札を受け取った。「ありがとう」気のない返事をすると、青年は玄関のところで立ち止まった。「あの仮面、いままで見たなかで最高のものでしたよ」

ドアが閉まった。ソニアは居間に戻ってため息をついた。

「なんて美青年なのかしら」それから、ふと気づいた。いちばんお気に入りの白翡翠《ひすい》のシガレットケースが見当たらない。ソファのそばの小さなテーブルに載っていたはずだ。サンドイッチを作りに食料室へ行くときには確かにあった。盗まれたのかもしれない。ソニアはそこらじゅうを探してみた。間違いない。あの男が盗んだのだ。

「なんて美青年なのかしら」床に就く前に、ソニアはもう一度そう思った。

ソニア・ヘリスは、見かけこそ当世風でシニカルかつ辛辣だったけれども、内面では愛情と理解を求めていた。白髪で五十路《いそじ》を迎えているが、活発で若く見える。睡眠と食事は少しで足りるし、場がお開きになるまでダンスやカクテルやブリッジに興じることもできる。だが内心は、カクテルもブリッジも好きではなかった。ソニアは何にもまして母性にあふれており、心臓が弱かった。心というばかりではなく、実際の心臓もそうだった。発作が起きると丸薬を飲み、安静にして誰にも会わなかった。生活態度は同時代に生きるほかのご婦人方と変わりがなく、曲がったことをしないという美点は持ち合わせていた。

つまり、ソニアは主人公だが、まるでヒロインらしからぬ人物なのである。

とにかく、ソニアは母性にあふれた女だった。少なくとも二度、もうちょっと好きになれば結婚というところまでいった。しかし、本当に好きだった男は愛情に応えてくれなかった(もう二十五年前の話だが)。そんなわけで、表向きは結婚など軽蔑するふりをしてきた。子供がいれば母性は満たされただろう。でも、そういう幸運に恵まれなかったから、ソニアは表向きは皮肉っぽい無関心を装いながら周りの人々に母性をふりまいてきた。もっとも周りのほうはソニアを利用したり、ときには嗤《わら》ったりするだけで、親身になって気にかけてはくれなかった。あだ名は「底抜けのお人よし」、友人たちの生活からは決まって一歩離れたところにいた。ヘリス家の親類であるロッケージ、カード、ニューマーク家の人々は、食卓やホームパーティに空きができたときにソニアを呼んだ。ロンドンで買い物を頼む。物事がうまく行かなかったり悪口を言われたりしたときの話し相手にする。そんな使われ方だった。ソニアはとても孤独な女だったのである。

半月後、ソニアは盗っ人の青年に再会した。と言っても、ある晩、青年のほうが家に訪ねてきたのだ。ちょうど晩餐の着替えをしているときだった。

「若い男の人がお見えですけど」メイドのローズが言った。

「若い男の人？　誰かしら」そう答えたものの、内心ではわかっていた。

「存じません、ソニアさま。名前をおっしゃらなかったもので」

一階に下りると、青年は玄関ホールにいた。あのシガレットケースを手にしている。身にまとっているスーツなどはそれなりだったけれども、相変わらずひもじそうで、捨て鉢の刺々しい雰囲気だった。そして、信じられないほど美しかった。ソニアは前と同じ部屋に招き入れた。青年がシガレットケースを差し出す。

「僕、盗んだんです」そう告白する。視線は銀の仮面に注がれていた。

「なんて恥知らずな」ソニアは言った。「今度は何を盗むつもり？」

「先週、家内がちょっと金をもうけましてね」青年は答えた。「ここしばらくは息がつけそうです」

「あなた、お仕事はしてないの？」ソニアがたずねる。

「絵を描いてます。でも、誰ひとり見向きもしてくれません。現代絵画になっていませんからね」

「描いたものを何か見せて」自分は甘いなと思いながら、ソニアは答えた。べつに美男子だからいいようにやられるのではない。意気地無しなのに喧嘩腰、青年には母親に反抗しつつも常に頼ってくるいたずら坊やを彷彿させるところがあった。

「いくつか持ってきたんです」青年は玄関ホールへ行き、キャンバスを何枚か携えて戻ってきた。絵を並べる。甘ったるい風景画に感傷的な人物画、どれもひどい作品だった。

「全然だめね」ソニアは言った。

「わかってます。僕に優れた鑑識眼があることはおわかりでしょう。最高の芸術しか認めないんです。あなたのシガレットケース、あの仮面、そこのユトリロといったものですね。でも、自分ではまるで描けない。いいかげんイライラしますよ」青年は微笑を浮かべた。

「ところで、一枚買ってもらえませんか？」

「まあ、無理よ」ソニアは答えた。「隠しておかなきゃ」あと十分もすれば客がやってくる。

「一枚でいいですから」

「でも、こんな……」

「いいじゃないですか」青年は近づき、ソニアの人のよさそうな顔を覗きこんだ。まるで子供が物をねだるように。

「そうね……で、いくらなの？」

「これが二十ポンド。この絵は二十五ポンドで……」

「とんでもない！　そんな値打ちなんて全然ないじゃないの」

「いつか妥当な値段になるかもしれませんよ。現代の絵画については詳しくないでしょう？」

「これならわかるわ」

「とにかく、一枚買ってくださいよ。この牛の絵なんてそう捨てたもんじゃないです」

ソニアは腰を下ろし、小切手を切った。

「ほんとに馬鹿ね、あたし。これ、取っておきなさい。でも、二度と顔は見たくありませんからね。二度とよ。家には入れませんから。街で話しかけたって無駄です。困らせるんだったら警察に言います」

満足げに無言で小切手を受け取ると、青年は手を差し出し、ソニアの手をちょっと握った。

「掛けてみてちゃんとした光を当てたら、この絵だってまんざらじゃないですから」

「新しいブーツが要るわね」ソニアは言った。「ひどいの履いてるじゃないの」

「これで新品を買えますよ」青年はそう言って立ち去った。

その晩、客たちの辛辣な皮肉を聞きながら、ソニアはあの青年のことを考えていた。名前さえ知らない。打ち明けたところによれば、青年はろくでなしで、哀れな若い妻と腹をすかせた子供を抱えておろおろしている。わかっているのはただそれだけだった。ソニアは三人が暮らしている情景を思い浮かべてみた。やがて頭に纏《まと》わりついて離れなくなった。シガレットケースを返しにきたのだから、ある意味では正直者なのかもしれない。いや、むろんよく承知していたのだ。盗んだ物を返さなければ会ってもらえないことを。青年は上々の金脈だと悟り、自分はひどい絵を一枚もう買ってしまった。となると……。でも、根っからの悪人というわけではないだろう。美しいものをあんなに賛美する人間がまったくのろくでなしだなんてありえない。部屋に入るなり、青年は銀の仮面にまっすぐ歩み寄り、身も心も奪われたようにじっと眺めていたではないか。晩餐のテーブルにつき辛辣な発言をしながらも、ソニアの心はいたって穏やかになっていた。青い壁に掛かった銀の仮面を見ていたからだ。喜色に満ちた仮面には、あの青年の面影があった。でも、いったいどこが似ているのだろう？　道化の頬はたぷたぷだし、口は大きいし、唇は分厚いのだ。それでも、どこか似ている。どこかが……。

それから数日間、ロンドンを歩くたびにソニアは道行く人々を見た。無意識のうちに青年の顔を探していたのだ。ほどなく気づいた。あの青年は、ほかの誰よりもはるかに美しかった。だが、美貌ゆえに脳裏を去らないというわけではない。あの青年が親切にしてもらいたがっていたからだ。ソニアのほうも、誰かに親切にしてあげたいと思っていた。心の底からそう思っていた。だから気になって仕方がなかった。

銀の仮面が少しずつ変わっていくような気がした。顔がほっそりとし、虚ろな瞳に新たな光が差しこむかのようだった。それは掛け値なしに美しかった。

しばらくすると、青年がまた思いがけないかたちで姿を現した。劇場から帰ったソニアが寝る前の煙草を吸い、寝室への階段を上ろうとしたとき、玄関のドアをノックする音が響いた。来客は決まって呼び鈴を鳴らす。ある日ぶらりと立ち寄った骨董屋で買ったフクロウ型の古風なノッカーなど、誰も使いはしなかった。ソニアは確信した。これはあの青年だと。ローズはもう休んでいたから、ソニアは自分でドアを開けにいった。案の定、あの男だった。かたわらには若い娘と赤ん坊がいた。一同は居間に入り、ぎこちなく暖炉の近くへ移動した。その三人が暖炉の火のそばに固まっているのを見た瞬間、ソニアは初めてズキリとする恐怖を覚えた。自分がいかに弱い人間であるか、だしぬけに悟った。この人たちを見ていると、だんだん体が溶けて水になってしまいそうだ。ソニア・ヘリスは齢《よわい》五十、軽い不整脈を除けばいたって頑健で誰にも頼らずに生きてきた。なのに、水になってしまいそうな気がしたのだ。誰かが耳元で囁いたような感じがした。気をつけろ、と。

娘は人目を引く容貌だった。赤毛で白い顔、体つきは優雅でほっそりしている。赤ん坊はショールにくるまってぐっすり眠っていた。ソニアは飲み物と置いてあったサンドイッチの残りを差し出した。青年は例の感じのいい笑みを浮かべてソニアを見た。

「今夜は物乞いに来たんじゃないんです」青年は言った。「家内に会ってもらいたいと思いましてね。それに、家内には素晴らしい物で目の保養をさせてやろうと」

「それなら」ソニアは刺のある声で言った。「ほんの少しだけよ。もう遅いんだから。わたし、寝ようとしてたとこなの。それに、もう来ないでって言ったでしょ」

「エイダがせがむものですから」青年はあごをしゃくった。「あなたに会わせてくれってね」

娘はひと言も発しなかった。陰気に前を見つめている。

「なら、いいわ。でも、すぐ帰ってくださいね。ところで、まだ名前を聞いてなかったんですけど」

「ヘンリー・アボット。家内はエイダ、赤ん坊もヘンリーなんです」

「わかりました。で、あれからどうしてたの?」

「ええ、おかげさまで豪勢にやってました」

　青年はほどなく黙りこんだ。娘はひと言も発しない。耐えがたい沈黙が続いた。ソニア・ヘリスは、もう帰ってはどうかと水を向けた。だが、動こうとしない。三十分が経過した。ソニアは強い調子で帰ってくれと言った。やっと重い腰が上がった。ドアのそばでヘンリー・アボットがあごをしゃくり、書き物机を示した。

「手紙は誰が書いてるんですか?」

「いいえ、自分で書いてるけど」

「誰か雇わないといけませんね。手間が省けますよ。僕がやってあげましょう」

「そんな、必要ないわ。とにかく、おやすみなさい。もう……」

「僕がやってあげますよ。報酬はいっさい必要ありません。どうせぶらぶらしてるんですから」

「とんでもない……おやすみ」ソニアは客たちを締め出した。その晩はまったく寝つけなかった。ベッドに仰向けになり、あの家族のことを考えた。体が二つに引き裂かれるかのようだった。半身は優しい母性愛に暖かく包まれていた。あの娘と赤ん坊はなんと頼りなさそうに座っていたことか。しかし、もう半身は不安に戦いていた。血まで冷えていくかのようだ。とにかく、もう二度と会いたくないと思った。でも、心の底からそう思っているだろうか？あしたスローン街を歩いたら、ひょっとしたらあの青年に会いはすまいかと道行く人の顔を覗きこんだりするのではなかろうか。

三日後、青年が姿を現した。朝は雨降りだったから、支払いの計算を済ませようと思っていた。ソニアが机に向かっていると、ローズが青年を案内してきた。

「手紙を書きに来ました」

「そんなつもりはないわよ」ソニアはぴしゃりと言った。「ねえ、ヘンリー・アボットさん、出てってください。もうたくさん……」

「いや、そんなことはないでしょう」そう言うと、青年は机の前に座った。

ソニアはずっとためらっていたが、三十分するとソファの隅に腰を下ろし、手紙の口述を始めた。自分では認めたくなかったけれども、机に座っている青年を見るのはいい気分だった。この人は仲間なのだし、どんなに落ちぶれていようとも飛びきりの紳士だった。その朝のふるまいも見事だった。とても達筆で、言い回しにも知悉しているようだった。

一週間後、ソニアはエイミー・ウェストンに笑いながら言った。「ねえ、信じてくれる？わたし、秘書を雇ったの。とってもハンサムな若い人で……あ、そんな顔しないで。わかってるでしょ、いくらハンサムでもわたしなんかには関係ないって。それで、いろんな面倒なことをやってくれてるのよ」

それから三週間というもの、青年は水際立った働きをした。ちゃんと定刻に来るし、無礼なふるまいもしない。言いつけたことはすべてこなした。四週間目に入ったある日、一時十五分前ごろ、青年の妻がやってきた。このときはびっくりするほど若く、十六歳くらいに見えた。身にまとっていたのはシンプルな灰色の木綿のドレス。短い赤毛が血の気のない顔にはらりとかかる。とても印象的だった。

ソニアは一人で昼食をとろうとしていた。青年は知っていたはずだ。テーブルには一人分の質素な食器がしつらえられていたのだから。一緒に食べませんかと声をかけないのはまずいような気がした。そんなわけで、ソニアは心ならずも食事を勧めた。気ぶっせいなひと時だった。この夫婦が一緒にいると退屈だった。夫はほとんどしゃべらず、妻はひと言も口をきかなかったからだ。おまけに、この夫婦にはなんとなく不吉な匂いがした。

食事が済むと、ソニアは二人を帰らせた。べつに抗いもせずに出ていった。その日の午後、買い物に歩いているとき、ソニアは心を決めた。あの夫婦とはきっぱりと縁を切らなければならないと。ヘンリー青年をそばに置いておくのが楽しかったのは事実だ。あの笑顔、いたずらっぽいユーモラスな言葉、世の中を食い物にする邪悪な浮浪児だけれども、あなただけは好きだから面倒をかけないという態度。ソニアにはそのすべてが魅力的だった。でも、本当に注意しないといけない。ここ数週間、ヘンリーは金の無心をしていない。それどころか、何の要求もしないのだ。きっと考えがあるに違いない。頭の中で計画を練っていて、ある朝不意に真っ青にさせようという魂胆なのだ。燦々とふりそそぐ陽光、往来のざわめき、木々の葉ずれの囁き、しばらくそんな風景に包まれていたソニアは、自分がすっかり様変わりしてしまったことに気づいて愕然とした。なんと弱々しくふるまっていたことか。頑丈でびくともしない体、ほんのりと薔薇色に染まった血色のいい顔、鮮やかな白い髪——みんなどこかへ失せてしまった。残ったのは、目に恐怖の色を浮かべて膝を顫わせ、公園の手すりによろようしがみついて体を支えている、おどおどした小柄な老婆だった。何を恐れることがあるだろう。悪いことは何もしていないのだ。いざとなったらすぐ警察に駆けこめる。いままでに怖じけづいたことなど一度もない。そう思って帰宅したものの、ソニアは奇妙な衝動に駆られた。ウォルポール街の心地いい小体《こてい》な家を離れ、どこかへ身を隠してしまいたい。誰にも見つからない場所へ。

その晩、連中はまた姿を現した。夫と妻、それに赤ん坊だ。早めにベッドに入り、本を読んでくつろいでいたとき、玄関でノックの音が響いた。

今度という今度は、ソニアは毅然たる態度をとった。小さく固まっている三人に近づき、こう申し渡した。

「ここに五ポンドあるわ。これで最後よ。もしまたどちらか顔を見せたら、警察を呼びますから。さあ、帰って」

幽かにあえいだかと思うと、娘はソニアの足元にくずおれた。嘘いつわりのない失神だった。ローズが呼ばれ、できるかぎりの手がつくされた。

「ろくに物を食べてなかっただけですよ」ヘンリー・アボットが言った。結局、この失神が決め手となった。エイダ・アボットは来客用の部屋のベッドに寝かされ、医者が呼ばれた。診察を終えた医者は、休息と栄養が必要だと言った。たぶんここが一件における重大な分岐点だっただろう。ソニア・ヘリスがこの重大な局面で決然たる態度をとり、失神なんて構わずにアボット一家を冷たい通りへほうり出していたなら、友人とブリッジを楽しむ元気な老女になっていたかもしれない。だが、ソニアの母性愛はあまりにも強すぎた。哀れな若い娘は疲れきってベッドに横たわっていた。両目を閉じた娘の顔色は枕と変わりがないほどだった。そのかたわらの子供用ベッドに赤ん坊がいた。こんなにおとなしい赤ん坊はついぞ見たことがなかった。ヘンリー・アボットは一階で手紙の口述をした。銀の仮面をちらりと見上げたソニアは吐胸《とむね》を衝かれた。道化が笑みを浮かべている。いまやはっきりした薄ら笑いに見えた。嘲笑かと思われるほどの笑い……。

エイダ・アボットが倒れてから三日後、その伯父と伯母だというエドワーズ夫妻がやってきた。エドワーズ氏は赤ら顔で大柄、派手なチョッキを着た快活な男だった。居酒屋の亭主みたいな雰囲気である。エドワーズ夫人は細く尖った鼻の持ち主で、声は低かった。とても痩せており、なだらかな情感のある胸に古風な大ぶりのブローチをつけている。夫妻はソファに並んで座り、お気に入りの姪であるエイダの見舞いにきたと説明した。妻は大きな声で話し、夫はいやになれなれしかった。あいにくなことに、ウェストン夫人ともう一人の友人が訪ねてきた。二人は長居をしなかった。エドワーズ夫妻がいることに露骨に驚き、ヘンリー・アボットの遠慮のなさにひどく呆れたようだった。最悪の結論に至ったかもしれない、ソニア・ヘリスはそう思った。

一週間経っても、エイダ・アボットはまだ二階のベッドで寝ていた。動かすことは難しそうだった。エドワーズ夫妻は頻繁に見舞いに訪れた。あるおりは、ハーパー夫妻と娘のアグネスを連れてきた。しきりに弁解したけれども、みんなエイダが心配でじっとしていられないのだからご理解いただきたいとクギを刺すことも忘れなかった。一同は来客用の寝室に集まり、顔面蒼白で目を閉じたままの姿を気遣わしげに見つめていた。

その後、二つの出来事が同時に起きた。ローズが暇を取った日にウェストン夫人がやってきたのだ。夫人は友人に向かって忌憚のないところを述べた。「わかってると思うけど、世間がどう言ってるか」のっけから辛辣な調子だった。噂はこうだった。ソニア・ヘリスは街で拾った若いごろつきと同棲している。自分の息子くらいの歳なのに。

「あの連中、すぐ追い出さなきゃ駄目よ」ウェストン夫人は言った。「でなきゃ、ロンドンに友達が一人もいなくなってしまいますからね」

独りになると、ソニア・ヘリスはどっと泣き崩れた。泣くなんて、ここ数年間絶えてなかったことだった。いったいどうしてしまったのだろう？　意志や決断力が失せたばかりではなく、体の調子まで悪いのだ。心臓の具合がまた芳しくなかった。よく眠れない。家までバラバラになりつつあるみたいだ。あらゆるものに埃が掛かっている。ローズを呼び戻す手だてはあるだろうか。恐ろしい悪夢に包まれているかのようだった。このぞっとするほど美しい青年は、自分を支配する力を持っているらしい。べつに脅すわけではない。ただ微笑を浮かべているだけだ。ソニアにしても、青年を愛しているわけではなかった。いいかげん終わりにしなければならない。さもないと駄目になってしまう。

二日後、お茶の時間に好機が到来した。エドワーズ夫妻がエイダの見舞いに来ていた。エイダはやっと一階に降りられるようになっていたが、まだ弱々しげで顔色も悪かった。ヘンリー・アボットは子供を連れて同席していた。すこぶる体調が悪かったものの、ソニア・ヘリスは勇を鼓して言った。ことに、尖った鼻をしたエドワーズ夫人に向かって。

「わかってもらえると思いますけど」そう切り出す。「わたしだって不親切にはしたくありませんせん。でも、こちらの生活もありますから。とっても忙しいのに、全部押しつけられたんじゃたまりませんよ。情なしだと思われたくありませんから、多少のことなら厭《いと》いません。でも、アボットさんの奥さんも家へ帰れるくらいにはなったし、このへんでお別れしたいんですけど」

「わかりましたわ」エドワーズ夫人はソファから見上げるようにして答えた。「あなたはとっても親切にしてくださいました。エイダだって、それはよくわかってますわ。でも、いま動かしたら死んでしまいますよ。ちょっとでも動かしたら、その場に倒れてしまいます」

「僕らは行くところがないんです」ヘンリー・アボットが言った。

「でも、エドワーズさんの家だって……」怒りを募らせながら、ソニアは言い返そうとした。

「あいにく二部屋しかありませんのでね」エドワーズ夫人は静かに答えた。「いまのところは無理です。ひと晩中、主人が咳をしますし……」

「それってあんまりじゃないですか」ソニアは声を上げた。「もういいかげんにしてください。できるだけのことはしてきたんですから」

「僕の給料は？」ヘンリーが言った。「ここ何週間の給料をもらってないんですけど」

「給料ですって！　ええ、もちろん払ってあげますとも……」そう切り出したソニアは不意に口をつぐんだ。さまざまなことに気づいたのだ。自分はいま家の中で独りきりだ。コックは今日の午後に暇を取ってしまった。この連中は誰ひとりとして動揺していない。いっぽう、自分の所有物――シッカートやユトリロやソファ――は不安に満ちている。連中はじっと動かず沈黙を続けていた。心の底からぞっとした。ソニアは机のほうへ歩いた。動悸が激しくなり、心臓がギュッと締めつけられる。そして、恐ろしい苦しみが身ぬちを奔《はし》った。

「お願い」ソニアはあえぎながら言った。「タンスの引き出しに……小さな緑色の瓶が……

ああ、早く！　お願い！」

ヘンリー・アボットが屈みこみ、冷静で美しい顔を覗かせた。ソニアはそれきり記憶をなくした。

一週間後、ウェストン夫人が訪ねてきた。エイダ・アボットが玄関のドアを開けた。

「ヘリスさんに会いに来ましたの」夫人は言った。「このところ姿を見かけないし、何回か電話したんですけど全然通じないものですから」

「ヘリスさんは体の具合がとてもお悪いんです」

「まあ、それは……お目にかかれないかしら？」

エイダ・アボットは、落ち着いた優しい声でなだめるように言った。「お医者様が当分は面会謝絶にするようにとおっしゃってるんです。連絡先をお教えいただけませんか？　ヘリスさんがよくなりしだい、こちらからお知らせしますので」

ウェストン夫人は帰っていった。そして、友人たちに詳しく語った。「ソニアもかわいそうに。ずいぶん具合が悪いらしいの。あの人たちが面倒を見てるみたいね。よくなったらみんなでお見舞いに行きましょうよ」

ロンドンの生活は目まぐるしく動く。いままでだって、ソニア・ヘリスは誰からもことさら重要視はされない人物だった。ソニアの親類は訪ねてきた。「具合がよくなりしだい……」ということでも丁重な返事をもらい、安心して帰った。

ソニア・ヘリスは床に就いていた。自分の部屋ではない。前にメイドのローズが使っていた狭い屋根裏部屋だった。最初のうちは、いやに虚脱した感じで横になっていた。本当に具合が悪かったのだ。寝ては起き、また眠った。エイダ・アボット、ときにはエドワーズ夫人、またときには見知らぬ女がソニアの世話をした。みんなとても親切だった。医者を呼ばなくてもいいのだろうか。もちろんそんな必要はない、大丈夫だと一同は請け合った。してもらいたいことは全部こちらが面倒を見るからと言うのだ。

そのうち、ソニアは生気を回復しはじめた。なぜこんな部屋に閉じこめられているのだろう。友人たちはどこにいるのだろう。運ばれてくるこのひどい食事はどうしたことか。あの女たちはここでいったい何をしているのだろう。

ソニアはエイダ・アボットとひと騒動起こした。ベッドから出ようとしたら、エイダが押さえつけてしまったのだ。それも、やすやすと。全身の力が失われていくかのようだった。それでもソニアは抵抗した。弱った体の力を振り絞って激しく抗った。そして、泣いた。この上なく苦い涙をこぼした。翌日、独りになったとき、ソニアはベッドから出た。ドアには鍵が掛かっていた。叩いてみたけれども、聞こえたのは自分の鼓動だけだった。心臓がまた締めつけられる。恐ろしい鼓動を打つ。ソニアはよろめきながらベッドに戻った。そして、横になって弱々しく泣いた。エイダがパンとスープと水を運んできたとき、ソニアはこう要求した。ドアに鍵を掛けないでもらいたい。自分はベッドから起き、バスを使ったり一階の部屋へ下りたりしたいのだから。

「まだそんなにおよろしくなっていないんです」エイダは優しく言った。

「いいえ、よくなってますよ。ここを出たら、あんたたちを監獄へほうりこんであげますから。こんなことをして……」

「興奮しないでください。心臓によくありませんわ」

エドワーズ夫人とエイダが体を洗ってくれた。食べ物は十分ではなかった。ソニアはいつもおなかをすかせていた。

夏になった。ウェストン夫人はフランスのエトルタへ行ってしまった。みんな町を離れた。

「ソニア・ヘリスはどうしたのかしら?」メイベル・ニューマークは、アガサ・ベンスンに宛てた手紙にそう記した。「もうずいぶん長いこと会ってないんだけど……」

だが、わざわざ訪ねる時間は誰にもなかった。用事はたくさんあるのだ。ソニアは好人物でも、ことさら気にかけるような存在ではなかった。

一度、ヘンリー・アボットが見舞いに来た。「残念ながら、あまりよくなっていないようですね」ほほ笑みながら言う。「僕たちはできるだけのことをしているんです。お体の具合が悪いときに僕たちが周りにいて幸いでしたね。さて、この書類にサインしていただけますか?　回復するまで、誰かがあなたの面倒を見なきゃいけませんから。あと一、二週間で一階へ下りられるようになりますよ」

ソニア・ヘリスは怯えた目を開いて青年を見た。そして、書類にサインした。

秋になって初めての雨が街に降り注いだ。居間では蓄音機が鳴っていた。エイダとジャクスン青年、マギー・トレントとがっしりしたハリー・ベネットが組になって踊っている。家具はすべて壁ぎわに押しやられていた。エドワーズ氏はビール、夫人は暖炉の火で爪先を暖めている。

ヘンリー・アボットが入ってきた。ちょうどユトリロの絵を売ってきたところだった。青年は歓声で迎えられた。

ヘンリーは壁の銀の仮面を外し、階段を上っていった。最上階に至ると、屋根裏部屋に入り、裸電球をつけた。

「ああ、誰？　何をしに……」ベッドから恐怖に顫える声が響いた。

「大丈夫ですよ」青年はなだめるように言った。「もうすぐエイダがお茶を持ってきますから」

ヘンリーは金づちで釘を打ちつけ、しみだらけの壁に銀の仮面を掛けた。ソニアのベッドから見える位置だった。

「お気に入りでしょう、これ」青年が言う。「ご覧になりたいだろうと思いましてね」

ソニアは返事をしなかった。目を瞠《みは》っているばかりだった。

「何か眺めるものが必要でしょう」ヘンリーは続ける。「とても具合がお悪いんです。あいにくですが、二度とこの部屋から出られないでしょう。ですから、こうしておくといいんです。眺められるものがありますから」

青年は出ていった。静かにドアを閉めて。

敵

The Enemy

ジャック・ハーディングは八時四十五分に家を出る。夏であれ冬であれ出勤日はいつも同じで、イーリング区の自宅からチャリング・クロス・ロードで営む小さな本屋に向かうのだった。一年のひと月間は休暇に当てるが、このときだって同じことをしているようなものかもしれない。なぜなら、どこにいようと七時半に起き、ベッドで仰向けになったままこう思い浮かべてみるからだ。着替えを済ませて朝食をとり、駅へ急ぐ。ハマースミスで乗り換え、レスタースクエアで降り、小さな店まで歩く。いつも鼻声の小僧に文句を言い、書状を開き、心はずむ思いで一日の仕事に入る。仰向けのままそんな道程《みちのり》をたどってみるのは実に贅沢なことだった。窓の外では木の葉がさざめき、ゆるゆると雲が流れ、いくらか離れた農家からせわしげに動く選別機の音が響いてくる。そういった休暇の日々はむろん楽しいのだが、また仕事に戻ることを考えたほうが心は躍った。なにかと難儀な戦後のご時世、店の上がりはかつかつだったけれども、ハーディングは自分の店を愛していたし、本をただ売り物として扱うばかりでもなかった。小柄でずんぐりした体つき、麺棒《めんぼう》を彷彿させる。手と足のサイズはとても小さく、これをいたく自慢していた。性格は快活で楽天的、自分の声がお気に入りだった。もっとも、四十五にもなってまだ独身である。ご婦人たちとの付き合いは楽しんでいたものの、誰か特定の人というよりご婦人全般を好んでいた。小さな家では老女が世話をしていた。ふだんはだましたり掠《かす》め取ったり叱ったり罵倒したりだが、ハーディングが病気になると下へも置かぬ扱いに変わり、楽にさせるためにはどんな苦労も厭《いと》わなかった。敵らしい敵は、この世にたった一人しかいなかった。

さて、ここが肝心な点なのだが、ハーディングはこの敵とほとんど会話を交わしていなかった。数年前、イーリングに越してきた当初、毎朝の出勤の途中で同じ男に会った。大柄でずんぐりした赤ら顔の男である。同じ通りに住んでいるらしく、ハーディングが家の前を通ると決まって飛び出してくる。陽気な朝の会話を楽しむことが目的のようだ。ほどなくハーディングは確信した。この偉丈夫、食堂のカーテンの陰から自分が近づく様子をうかがっており、それから飛び出してくるのだ。ハーディングは陽気な朝の会話などしたくなかった。頭は今日の仕事のことで一杯だった。ちょうどいまカタログを作っている。昨日は安い本がどっと届いた。おおむね均一本の箱に落ち着くだろうが、もし思わぬ掘り出し物があればくだんのカタログに花を添えることができる。そんなことをあれやこれやと考えているのに、赤の他人と朝の会話を交わすのはとても苛立たしい。加えて、ハーディングはイギリス人である。乙にすましたイーリングに転居してきた者に誰かが話しかけてくるとなれば、すぐさま忌まわしい犯罪を連想するのは無理からぬところだった。

ハーディングが見たところ、この大男はまさに犯罪者を連想させた。最初に会った朝、大男は駅まで執拗についてきて、破れ鐘のような声でしゃべった。天気のこと、近所にミュージックホールがありきれいな娘が踊っていること、株の話、自分が男やもめだということ、裏庭のゼラニウム、競馬、胃痛、夏休みの予定。以上のことを駅に着くまでに全部しゃべったのだ。電車に乗るやハーディングの隣に座る。実際は上に乗ったようなものだった。そしてまた、じゃがいもや豆やキャベツの話を長々と元気よくしゃべる。しかも目一杯の声で、うるさい電車と張り合っていた。ハーディングがこの世で大嫌いなことを一つ挙げるなら、それは電車の騒音に負けないようにしゃべることだった。なにぶん細くて甲高い声だ。騒音が高まれば精一杯の声でも負けてしまうのはよくわかっていた。この恐るべき男はべたっとくっついて一緒にハマースミスでホームに降り、改札を抜けて別のホームへ向かい、地下鉄でまたしても隣に座った。レスタースクエアまでまったく同じ調子だった。どうにか群衆に紛れてしまわなかったら、きっと古本屋までついてきたことだろう。その日は仕事にならなかった。物を考えようとすると、あの男の破れ鐘のような声が響いてくるのだ。おまけに、長くて黒いもじゃもじゃの口ひげが本棚の陰でちらちら揺れ、威圧するような幅広の胸が客の背後に重なった。

火に油を注いだつもりはなかったのだが、やはり翌日、くだんの男は家の階段を勢いよく降りてきた。

「やあ、おはよう、おはよう。今日は僕らにとってどんな日になるだろうねえ」

ハーディングは「僕ら」呼ばわりされるのが嫌いだった。非常に厭な気分になったから、忘れ物をしたと小声で告げてあわてて家に引き返した。おかげで二十分も遅刻してしまった。

こうして受難が始まった。毎日毎日、この哀れな小男は恐るべき赤の他人につきまとわれることになる。男の名前はトンクス、何か野菜がらみの仕事をしているらしい。子供はなく、再婚を考えているものの踏ん切りがつけられないでいた。以前の結婚生活について、聞き手が嫌がっているのにトンクスはどうでもいいような不愉快なことまでべらべらしゃべった。これだけはやめてほしいのは気安く肩に手を置くことだった。いぶかしいことに、毎朝同じ時間にシティへ向かう人々はたくさんいるにもかかわらず、トンクスのお気に入りはほかにいないようだった。ハーディングは慨嘆した。トンクスの打ち明け話を聞いて喜ぶ人間は山のようにいるだろうに、ほかの人間と近づきになる気はないらしい。自分は控えめな小男で、不快感を抱いているからこそつけこまれるのだろう。そう腑《ふ》に落としてみるしかなかった。

ハーディングは自分が経営する古本屋に情熱を注いでいた。寝ても覚めても食事中でも、四六時中そのことばかり考えている。将来の計画をいろいろと夢想しているときがいちばん楽しかった。べつに文学的な計画というわけではない。ハーディングの夢は万巻の書物を擁する大きな店だった。部屋また部屋で汗牛充棟、棚は天井にまで達して上のほうはかすむくらい。誰も正確な数をつかんでいないし、そんなことは不可能だと思われるくらいの書物がある。その規模や数に思いを馳せると、下世話に言えば「勝ち馬の目星がついた」ような喜びを感じた。ハーディングは競馬場へ行ったことがない。かつて友人に語ったところでは、古本屋の中で賭けをやっているのだった。

折しも、英米両国で現代文学の初版本ブームが起きていた。ハーディングは初版本の特別カタログを作り、自慢の種にしていた。カタログに改善の余地はあっただろうし、量より質を求めれば金銭的な見返りが得られたかもしれない。しかし、ハーディングはカタログを大部にして重要な作家を網羅するのが好きだった。作家リストを所有し、折々の著書の値段に従って週ごとに上がった下がったと印をつける。例えば、ドリンクウォーター（一八八二―一九三七。英国の史劇作家・詩人・批評家）とデ・ラ・メアに上昇気配が見えたなら、当季のカタログはこの二人の著書で満たされるだろう。そのほとんどに値打ちがなかったとしても、ハーディングは良かれと思って「とても希少」「この状態は珍しい」などという曖昧な注釈を各アイテムにつけることだろう。安っぽい本を求めて店に来た客に初版本の講釈をして誘惑する、これがいちばんの楽しみだった。「ドリンクウォーターの著作に投資すれば週ごとに値段が上がるでしょう」「二年前に二束三文の値段でメースフィールドの薄い本を買った客がいたけれども、いまじゃ十ポンドでも買えない」ハーディングがそんな講釈をすると、客は驚きの目を瞠《みは》る。実に楽しい光景だった。小さな包みを提げて店を出るご婦人がたの姿が見受けられることもある。本当は電車の中で読むどうということのない小説を買いにきたのに、包みの中身は難解な詩集だった。話がここで終われば、ハーディングが純文学への愛情を大衆に鼓吹したということになるのかもしれない。だが、あいにくにも、ご婦人たちはしばしば後日同じ詩集を提げて舞い戻ってきた。値が上がるというハーディングの言葉を愚直に信じて買ったのに、逆に下がったことを知り、えらく立腹して突き返しにきたのである。

ほとんど関係のないはずの人間が意識に忍びこんできて、頭から離れなくなってしまう——これほど奇妙なことはないだろう。私はこんな例を知っている。ある男が立派な田舎屋敷に住んでいた。周りはすばらしい公園、外界から隔絶された安全な暮らしである。ところがこの男、近くの村に住む肉屋に死ぬほど苦しめられた。べつにその男から肉を買っていたわけではない。あいつの赤ら顔、太った体、血の染みがついた包丁……というふうに意識しただけだった。それでも肉屋があまりにも幸福を妨げるので、くだんの男は家を売ってどこかへ引っ越してしまった。これは恐らく極端な例だろう。しかし、一脈通じることは誰だって何度か経験しているに違いない。

ハーディングの意識にトンクスはゆるゆると忍びこんできた。ハーディングは非常に想像力に恵まれた人物とは言いがたかった。古本屋という身の丈に合ったものについて想像力を巡らせているにすぎない。日常生活に関しては、いたって実際的で分別のある男だった。にもかかわらず、ものの半月もすると、駅まで歩く前に躊躇するようになってしまった。トンクスが勢いよく階段を駆け降りてくるのじゃなかろうか。サウス・イーリングを歩いているあいだ、ずっとあいつの機嫌のいい笑い声が響きっぱなしだったらどうしよう。今度はずんずん先へ行ってやろうか。そんなことをあれこれ考えているうち、ほどなく以前のように駅へいそいそと出発できなくなってしまった。猫の額ほどの庭でぐずぐずして、誰かいやしないかと何度か通りに目を凝らす。形を伴った厭なイメージも抱きはじめた。トンクスは少し腐りかけた卵、あるいは小さいけれども高みを舞う鳥。別のルートで駅へ行くことも考えた。イーリング・ブロードウェイから行っても時間はそう変わらないだろう。だが、内心ではトンクスから逃れられないとわかっていた。それから、架空の対話を苦労して作り上げた。まず「おはようございます」とトンクスに向かって丁寧に挨拶する。ともに駅へと歩きはじめる。その途中で、いかにも申し訳なさそうに説明する。チャリング・クロス・ロードまではどうあっても黙り通している必要がある。なぜなら、山積みになっている商売上の問題を解決する時間があるとすれば朝のラッシュの前しかないからだ。そして、トンクスに一礼してこう告げる。とにかく邪魔をしないでいただきたい。これを言いたいのは、あなたをおいてほかにはいない。かくのごとく、ハーディングは入念に想を練り上げた。障害は何もないように思われた。実際、そのとおりだった。ただひとつ、どうしても言葉が口をついて出ないということを除いては。トンクスに会うと、何かに縛られたような感じになってしまう。唇が封印されてしまったかのようで、さらに苛立ちが募った。「あれほど考えたじゃないか」ハーディングは自分に腹を立てた。「あいつだって歓迎されていないことはわかってるんだ。

はっきり口に出せばいい」だが、トンクスはわかっていなかった。ますますもって愛想よく、おしゃべりになり、前よりはるかにしつこくなってしまった。

さて、物語は次の段階に進む。ハーディングはトンクスの夢を見るようになった。夢はごくまれにしか見ないたちだった。食事が遅すぎたとき、とてつもない高さから叫びながら落下する夢を見た。また、客がバニヤン『天路歴程』の完璧な初版本を六ペンスで売りにくる夢はたまに見る。しかし、だいたいにおいて夢は見ないほうだと断言できた。ある晩、自分の寝間着をまとったトンクスが部屋に立っているのを見た。いやに生々しく、顔に浮かんだ笑みは真に迫っており、寝間着は実生活で使っているものと寸分も違わなかった。おかげで夢だとは信じられないほどだった。「どこから入ってきたんだ?」ハーディングはむっとしてたずねた。「もう二度と離さないぞ」男はそう答えた。哀れなハーディングは金切り声を上げて目を覚ました。その後、同じ夢を頻繁に見た。夢にはさまざまな段階があったけれども、最悪なのは素足が階段を上ってくる音だった。寝室のドアの外でひと呼吸あり、トンクスのあえぐような息遣いが木製のドアごしに口笛めいて響いてくる。それからドアがゆっくりと開き、丸い頭が見え、やおら大きな体が姿を現す。ドアが静かに閉まる。立ったままじっとこちらを見ているトンクスに向かって、ハーディングはいつも同じことを言う。「どこから入ってきたんだ?」トンクスは答える。「もう二度と離さないぞ」

何の前触れもなく、一週間もトンクスの姿が消えた。ハーディングは心の底から安堵した。あいつはどこかへ行ってしまったのだろう。休暇中に海で溺れたか、交通事故に遭ったのかもしれない。あるいは何かやらかして国外追放になったか。いずれにしても、トンクスの姿は一週間消えた。しかし、その週が終わるころになると、あの男に会えないことが痛切に寂しく思われてきた。ハーディングは自分の感情に驚き、内心いらいらした気分になった。心底嫌いな人物の存在は、日々の仕事にぴりっとした刺激を与えるものらしい。だが、翌週の月曜日、トンクスは再び姿を現した。せかせかと戸口の階段を降り、「やあ、おはよう、おはよう。今日は僕らにとってどんな日になるだろうねえ」と例の挨拶をする。それから、たちの悪い風邪をひいていたと説明した。喉がひどくやられ、内臓にも来てしまったと言う。その日、時間に余裕があったハーディングは、駅に近づいたときどうにかこう切り出した。「ちょっといいですか。提案なんですけど……黙っててもらえませんか？」道々しきりに鼻をすすっていたトンクスに向かってそう言うと、鼻声の答えが返ってきた。「わかったよ、ごめんごめん、鼻ばっかりすすってたからね。まったくたちの悪い風邪で」

物語は次の段階に進む。店にトンクスの影が忍び寄ってきたのだ。もっとも、これはハーディングのヒステリーにすぎなかった。そんなものはおよそ起こしそうにない人間なのだが。ある朝、扉を開き、いつものように香しい古本の薫りと書物に堆積する美しい埃の匂いを嗅ぎながら店内に足を踏み入れたとき、トンクスがあとをついてきたような気がした。はっとして周りを見たけれども、むろん誰もいなかった。でも、確かにちらっと見えたのだ。いかつい肩、頬のくすんだ赤み、そして、厭な笑みが浮かび……。

「まったくカンに触るやつだ」ハーディングは独りごちた。「もうあの男のことは考えちゃいけない」しかし、どうすることもできなかった。トンクスはハーディングが造り出したフランケンシュタインの怪物みたいだった。イギリス人のご多分に漏れず、ハーディングはとても感傷的な部分も持ち合わせていた。ちょっと人に媚を売るところもある。ここが奇妙なのだが、もしトンクスと違ったかたちで知り合っていたなら――例えば、気のおけない友人の家で催される宴会の晩とか――えらく好きになっていたかもしれない。好きと嫌いは紙一重なのだ。だが、ハーディングはトンクスを嫌ってしまった。しかも日に日に募っていく。働きすぎで、新しいカタログ作りに根を詰めているからかもしれない。ほとんど運動をせず、ろくなものを食べていないせいもあるだろう。理由はどうあれ、トンクスの影は店にしょっちゅう現れるようになった。カウンターの後ろに隠れる。本の間に割りこむ。梯子の上で危ういバランスをとる。決まって予期せぬ場所に現れる。そしてある日、山場がやってきた。生身のトンクスが実際に姿を現したのだ。お昼が近くなったとき、トンクスはふらりと入ってきた。片手をポケットに突っこみ、満面に笑みをたたえている。ハーディングは独りで店番をしていた。

「やあやあ、調子はどうだい」トンクスは声を張り上げた。「とうとうねぐらを見つけたぞ。

どこで働いてるか言ってくれなかったからな。おかげで、自分で探さなきゃならなかった」

するとこいつは尾行していたのだろうか。ハーディングの顔が朱に染まった。調べていた本へと顔を伏せ、怒りを隠さなければならなかった。そうだ、尾行していたに違いない。人間の屑め！

ちょっと待ったけれども、店主の返事がない。トンクスは上機嫌で続けた。「そうそう、君が今日忙しいのはわかってるんだ。おれ、本を買いにきたんだよ」

「どんな本ですか？」ハーディングは囁くような声でたずねた。

「若い女友達がいてね。スコットランドの北のほうへ長旅に出るんだ。で、何か読む本がほしいって言うから、こう答えたんだよ。『それなら、うってつけの男を知ってるよ。おれの親友で、めちゃめちゃ頭がいいんだ。あいつに助言を求めてこよう』」

ハーディングはぬっと顔を上げ、カウンターごしに身を乗り出した。顔を前に出す。二人の距離がきわめて近くなった。

「僕はあんたの親友なんかじゃない」ハーディングは言った。「わかってくれ。あんたの顔を見るのもいやなんだ。ずっと言おうと思ってた」

トンクスの顔から不意に笑みが消えた。背後に立っていた者が引きはがしたかのようだった。驚きで目がいっぱいに開く。

「そんなこと、思いもよらなかった」トンクスは言った。「ほんとにそう思ってるのか？

どうしてだ」

「理由なんてどうでもいいさ」ハーディングはカッとして答えた。「あんたが嫌いなのは事実、それで十分だ。この何カ月間、あんたは駅までついてきて僕をイライラさせてきたんだ。面と向かって言う勇気がなかっただけだよ。そのうちわかってくれると思ってたんだがね」

　ハーディングは首を曲げ、真っ赤な顔のまま再び本に目を落とした。トンクスは当惑げな顔つきだった。それが全身に拡がっていくかのようだ。チョッキに新たな襞が生まれ、手の皺が増える。そして、大きな胸から重いため息が漏れた。

「わけがわからないな」トンクスは言った。「おれのどこが気に入らないんだ？　いろいろ文句があるのなら考えてみるよ。それにしても妙だな。君のことは好きだったんだ。とっても気に入った。ほんとにすぐだったよ。一目ぼれみたいなもんさ。おれは鈍いほうかもしれないけど、君みたいに好きになった友達はいなかったんだ。何か訴えるものがあったんだな。とにかく、ちょっと説明してくれよ」

「そんな必要はない」ハーディングは冷たく言い放った。「僕はあんたが好きじゃない。これで十分だ。そんな弁解は聞きたくないよ。もう近づかないでくれないか」

「ああ、確かに弁解だな」トンクスは気を静めてひとつかぶりを振った。「でも、ほんとに哀れな話なんだ。おれはひとりぼっちでね。男やもめは難儀なもんだよ。最初のカミさんが好きだったなら、二番目とはうまくいかんだろう。最初がうまくいってなかったなら、もう二度と結婚する気なんて起きないはずさ。言ってることわかるかな。とにかく、おれは家で寂しくしてるんだ。ここ何週間か、君を招待することを考えてた。好きじゃないかと思って、ダイニングルームにオルガンを買っといた。教会のオルガンみたいだよ。それから、おれの犬は見たことないよな？」

「ない」と、ハーディング。「見たいとも思わないね」

「わかったよ」トンクスはゆっくりと答えた。「もう終わりだな。犬がいてよかった」そう言うと、トンクスは店を出ていった。


この一件があったあと、ハーディングにさらなる苦難が訪れた。駅へ向かう道でトンクスに出会ったり、話しかけられたりすることはなくなったが、角を曲がると決まって姿が見えた。トンクスの家の前を通るたびに怯える。あいつがダイニングルームのカーテンの陰から様子をうかがっているのではないか。飛び出してしゃべりかけたくてうずうずしているのじゃあるまいか。ハマースミスでは何度かすれ違った。トンクスの大きくてまるい顔にはプライドと嘆願がないまぜになった表情が浮かんでおり、まったく見るに耐えなかった。どうにかしてもっと難儀な目に遭ってみたい——ハーディングはそんな奇妙な感情を抱くようになった。むろん馬鹿げているけれども、事実はそうだった。おかげでますますトンクスを憎むようになった。あの男のことは語りぐさと化した。友人たちとしゃべっているとき、ハーディングは深い感情をこめてトンクスの例を引き合いに出した。「僕はある男を知ってる」そう語ったものだ。「君たちの知らない奴だ。僕がどんなにその男を憎んでるか、理由は説明できない。とにかく、顔も笑みも何もかも嫌いだ。フェル博士みたいなものさ。ほんとにぞっとするんだ。べつに嫌う理由はないじゃないかと言われるかもしれないけど、まったくないわけじゃない。あいつが生きてるってこと自体が厭なんだ。わかってくれるかな?」そう言うと、友人たちはこぞって笑い、よくわかったよと答えた。

ある朝、ハーディングは難儀きわまる瞬間に直面した。トンクスが飼い犬とともに階段を下りてきたのだ。いままで見たこともないひどい雑種で、鼻に黒いぶちがあるフォックステリアの一種、片耳がケンカで食いちぎられている。ぞっとすることに、犬は昔からの友人に会ったかのようにハーディングめがけて駆け寄ってきた。

「おい、スポット、こっちへ来い」トンクスがうろたえて声をかけた。だが、スポットは旧友に纏《まと》わりつくようにハーディングから離れない。絶対に独りにするものかという感じだった。二人は立ち止まり、互いに顔を見合わせた。ハーディングは実に不可解な感情を抱いた。トンクスに駆け寄って抱擁し、帽子をまっすぐにしてやりたくなったのだ。まことに奇妙でイギリス人らしからぬ感情であることは、衆目の一致するところだろう。結局、トンクスと犬はハーディングと別方向に進んだ。馬鹿馬鹿しい。あんなにあいつが嫌いだったのに。どこかよそへ引っ越せないものだろうか。店へ向かうあいだ、奇妙な感情を抱いた自分がずっと恥ずかしく感じられた。その日はもう何も手につかなかった。

三日後、ハーディングは六時ごろ家路についた。いつもより少し早い。なにぶん感じのいい夕方だったから、ちょっと庭仕事でもしたくなったのだ。サウス・イーリング駅を出て、きびきびと家へ向かう。

トンクスの家の前で騒ぎが起きていた。何人かがたむろし、警官があたりを調査している。

「お巡りさん、何かあったんですか？」ハーディングはたずねた。

「ここの主人がバスに轢かれたんだ」警官は答えた。「あそこの角だよ。病院に運ぶこともできなかった。即死でね」

「即死……」ハーディングはあえぎながら言った。

「羊の肉みたいになってたさ」と、警官。ハーディングの顔から血の気が引いた。まるでトンクスを殺した犯人みたいだった。

「つかぬことをうかがいますが」警官が言う。「あなた、ご友人で？」

「なぜです」ハーディングはたずねた。

「この家になじみの人間がいないようなんです。例外は世話をしていたおばあさん、それに犬だけで。犬はベッドから離れようとしません。寂しい人だったんですな」

「ええ、私は友人です」ハーディングはだしぬけに答えた。「親友でした」

警官の脇を通り、ハーディングは家に入った。医者がおり、老女が泣いていた。犬はベッドのたもとで身じろぎもしない。トンクスは感じのいいきれいな寝間着をまとっていた。髪は整っていて、とても穏やかに見えた。口のあたりに笑みが浮かんでいるかのようだ。

「おなかを轢かれましてね」医者が言った。「即死でした。ご友人の方ですか?」

「そうです」ハーディングは答えた。「親友でした」

「そうですか。係累がいらっしゃらないようで」と、医者。「孤独な人だったに違いありません」

老女がすすり泣きながら言った。「ああ……優しい方でしたのに」

「最良の友人でした」ハーディングは言った。「毎朝、一緒に街まで行ったものです。あとのことは万事お任せください」

ハーディングは実行に移し、数週間もトンクスのことで奔走した。とてもわかりにくい状態になっていたけれども、どうやら親戚はいないようだった。すべてを売り払って負債を清算すると、数百ポンドが残った。ハーディングはそのお金を老女に与えた。ハーディングがトンクスの親友だったことを疑う者はなかった。犬のふるまいぶりがなおさら裏付けになった。犬はほかの誰にも近寄ろうとはしなかった。ハーディングは犬を引き取り、ともに暮らした。

「あいつはただの犬じゃないから」ハーディングはそう言ったものだ。「なぜって、前の主人は僕の親友だったんだから。そういうことだよ」

奇妙な物語はこれで終わりである。嘘いつわりはない。

死の恐怖

The Fear of Death

ウィリアム・ロリンがホテルにいると聞いたとき、率直に言うと私は気分が悪くなった。最悪の巡り合わせのような気がした。誰からも逃れて本当の休日を得ようと、私はこのサーク島（イギリス海峡、チャネル諸島の島）にやってきた。なのに、同じ小さな島のホテルに大嫌いなやつがいたのだ。誰だって心底嫌いな人間はほとんどいないと思う。生涯に一人や二人、ほんの少し知り合っただけで強い影響を与える人物に遭遇するだけだ。

私がロリンに会ったのは一度か二度だった。場所はロンドン、もう何年も前の話だ。ロリンは相当な評判の人物だったけれども、それはすべて悪評だった。人間はおおむねゴシップを好むが、噂の主には寛容であるものだ。二、三人寄ると誰かをいいように叩くものの、まったくもって辛辣というわけではない。噂話をして愉快な時を過ごし、楽しくて心の広いやつだと思われたいだけなのだから。とはいえ、誰もが危険で常軌を逸していると思う人物が現れることも珍しくない。この嫌悪もしくは恐怖は、ことに昨今では噂の主の行動、せんじつめれば犯罪行為などに対する恐怖に由来するものではない。悪名があまねくとどろいている男や女はたくさん知っているが、連中は人のよさや愚かさも持ち合わせており、おかげで悪い部分が相殺されていた。ロリンの品性に関する評判は悪かったけれども、新聞沙汰になるようなものではなかったから、それだけならとくにどうということはなかったはずだ。しかし、ロリンは同席しただけで耐えられなくなるたぐいの人間だった。むろんロリンにも友人がおり、頭は切れるからしばしば優秀な人々とも交わっていたのだが、言わば知性それ自体が危険なタイプの野獣だった。明確な理由はないものの社会の敵であり、常に口論やケンカに巻きこまれていた。それでも、哀れを催す部分がなくもなかった。ロリンは密林から出てきた獣で、いつも独りぼっちだった。そのことはロリン自身もよくわかっていた。

ロリンがある種の重要性を帯びた人物であることは確かだが、それはひとえにその知性によるものだった。知性を除けば、醜くて下劣でスノビッシュで中傷ばかりしているやつだった。財政はいつも破綻の危機に瀕していた。ここ何年も金貸しを相手に追いかけっこを続けている。借金はいたるところにあったが、いたってお気楽なロリンは返済を試みたり、愚かにもこんな男に金を貸してしまった相手に取り合ったりすることはなかった。

しかしながら、知性だけは抜きん出ていた。性格や人格がああでなければ何だってできただろう。ロリンは多芸多才で、勝負事を好みどれも上手にこなした。さまざまな外国語に通じ、万巻の書を読んでいた。どんなことにでも興味を示していたが、なぜか競馬だけは例外だった。一度も競馬はやったことがないと本人が言っていた。「なぜか」と言ったのはほかでもない。ロリンを見たら、誰だって競馬に人生を賭けているような人物だと思うに違いない。

ことに情熱を傾けていたのは絵画だった。財政状態が許せば、当今で指折りのコレクターになっていただろう。ほとんどただ同然で手に入れたものもないわけではなく、いくつかのすばらしい品を所有していた。カナレット（一六九七―一七六八。イタリアの画家・版画家）の美しい小品、ルノアールの愛すべき静物画、青年時代にパリで二束三文の値段で買ったマティスなどだ。イタリア・ルネサンス以前のある絵は、色彩鮮やかで真摯な感情がこめられており、私が観たなかで最も魅力的な作品だった。絵画に関するロリンの知識や趣味はきわめて幅広く、一流の鑑識眼を持っていた。絵について語るときには、厭な感じの小さな瞳に別の魂が宿るかのようだった。

とはいえ、一つの美点でほかの不愉快さをカバーしているわけではなかった。あいつに会ったとき、私はどれだけ気分が悪くなったことか。そう言えばおおよそ察しがつくだろう。ホテルに着いた翌日、朝食に赴くと、ロリンは近くのテーブルに女性づれで座った。二度目の妻だとわかった。もう避けることはできない。私はあいつのテーブルで少し立ち話をした。ロリンは妻を紹介した。人と顔を合わせるとき、ロリンはいつも攻撃を待ち受ける獣みたいな感じになる。あいつより醜い男にはめったに会ったことがなかった。短軀でずんぐりしており、たいてい明るい色の服を着ている。ただしサイズが大きすぎて不格好だ。つるっぱげに近く、目は小さくて猜疑心に満ちている。口は酷薄で貪欲そうだ。しかし、最悪なのは顔色だった。かなりの酒飲みだと思われるが、酒焼けした赤い顔というわけではない。調理される前の牛肉めいて、白いところと赤いところがまだらになっているのだ。握手してみると手はたるんでおり、しっかりつかまれて監獄へ引っ張って行かれたらたまらんとばかりにあわてて引っこめるのが常だった。まるでサリー（イングランド南東部の内陸州）あたりのならず者について描写しているみたいだが、ロリンはならず者ではなかった。単に人格が悪く、吐き気を催すような男だっただけだ。心優しい善意の人物が百万人いるとすれば、悪い人間が一人存在する。悪人はとてもまれなのだ。実際、私の知っている悪人はロリンを除けばたった二人にすぎない。

実に不思議なことに、それから二日も経たないうちに私はロリンに強い哀れを感じるようになった。あいつを好きになってしまったかと思ったほどだ。恐怖と嫉妬、二つの力に引き裂かれるような人間に私はいつも心を動かされてきた。我が身に照らしてみるとよくわかる。取り憑いたら離さない悪霊めいたものに悩まされるのは悲惨で孤独な体験だ。ことに嫉妬に関しては、どんなに知的な職業に就いていても苦悩からは逃れられない。それは以下の話に見るとおりだ。

私はすぐさま察した。ロリンは恐怖と嫉妬に縛《いまし》められていた。ロリンの嫉妬は特殊なものだった。私の態度が友好的だと安心すると、ロリンは持ち前の鋭いが感じの悪い断定口調で一気にしゃべった。もっとも、断言はするものの、絵画以外のことについては特別な説得力があるわけではなかった。個人的な恐怖や嫉妬が自分に影響を与えることを認めようとはしなかったが、ロリンには最悪の敵があった（しかも少なからずあった）。それは描かれた良質の絵だった。良い絵を観ると恐怖と嫉妬を感じる、ロリンはそう言っていたものだ。

それればかりではない。人間に可能なほかのあらゆる専門職について、ロリンは激しい嫉妬心を抱いていた。政治家、芸術家、公務員、宗教家、上流階級、どんな種類でも卓越した人物は忌ま忌ましい存在だった。そういった人々は社会や国家にとっては由々しき罪人であり、まとめて地獄行きにすべきだというわけだ。「いいか、ウェストコット」ロリンはわずかに内陸地方訛りがある口調で言った。自分ではその訛りをひどく嫌っていたのだが。「おれは嫉妬深くなんてないさ。嫉妬とはおよそ無縁だ。嫉妬深いなんて誰にも言わせない。ジョン・ウェブスター（一五八〇？―一六二五。英国の劇作家）みたいに薄っぺらい嫉妬を扱ってるやつは気分が悪くなるだけだ。なぜって……」

二日目でうんざりしてきたから、私はロリンの話をさえぎろうとした。

「いいかい、ロリン」私は言った。「人間は君が言うほど悪くはないんだよ。みんな弱点を持ってる。硝子の家に住んでるんだ。どうして石を投げたりするんだ？」

そのとき、ロリンの瞳に恐怖の色が浮かんだ。もっとも、会話が終わればすぐ忘れてしまうたぐいの恐怖だった。

「どういう意味だ、ウェストコット。そういう思わせぶりは……」

「思わせぶりじゃないさ。われわれはみな同じボートに乗ってると言いたいだけだよ。互いに罵り合うのは不毛な気がするね。私がロンドンにやってきたのは一九〇〇年ごろだ。もうそろそろ六十だよ。かれこれ三十年以上も小説を書いて本を出してきた。そのあいだ、数えきれない罵倒を受けてきた。たいていはもっともな理由があったんだけど、なかには本当に浅ましい悪意しか感じられないものもあったな」

「なるほどな」ロリンはパトロンめいた目で私を見た。なにぶん忌憚なく発言するのを好む男だ。ロンドンへ帰れと言われる可能性もあった。「おれたちはサーク島へ保養にやってきた。ピーター・ウェストコットは語る。かの小説家は温厚にも人々を尊重し、受けた仕打ちも当然と考え……」

ロリンはまだ何か恐れていた。唐突に話題を変える。

「まあ、それはそれでいいとしよう。じゃあ、これはどうだ。君は死についてどう思うかね？」

「死だって？」私は気乗り薄に問い返した。われわれがいるのはディクスカート・ビーチだ。眼路をかぎりに青い波が広がっている。ふりそそぐ陽光を受けた波が小石にぶつかって泡と化していた。「もちろん考えてるさ。誰だってそうだろう」

「誰もが死を迎えなきゃならない。君は恐怖を感じないか？　その不可避性とでも言うか……」

「いや、べつにそうでもないな。気がふさいでいるときに死を想うとやるせなくなるけど、特別なことじゃない。戦争中は死が日常的なものだった。日々の仕事の延長線上にあるといった感じかな」

「なるほど、わかったよ」ロリンの手が私の腕に触れた。「でも、死がどうやって到来するか、それさえわかればと思うな。こないだのアームストロングみたいな死の床に就ければいいんだが。まったく幸運だよ。死の到来がわかってなかったんだからな。もうすぐ死ぬと認識する瞬間がおれには恐ろしいんだ、ウェストコット。そうなったら、君だってこう思うだろう。『なんてことだ。自分はもうじき死ぬ。死が近づいてくる。もうすぐここにやってくる……』」

ロリンの手は顫えていた。

「救いはあるさ」私は答えた。「病気の人間はたいてい死ぬ前に長い昏睡状態に陥るんだ。それはそうと、頻繁に悪夢を見て死の恐怖の瞬間を感じてるんじゃないのか？　夢の中で何度も死んでるんだろう。実際の死ってのはそれほど悪くないさ」

「確かにそうだ」ロリンはそう答えて身を顫わせた。「こんな夢でな……」

そのとき、ロリンの妻が合流した。

小柄で美しく、瞳は一風変わったライトブルーだった。あまり顔を合わせることはなかったが、いままで会ったなかでいちばん物静かな女性という印象だった。単に口数が少ないばかりではない。話を聞いてから心を決める受け身の性格に感じられた。私はロンドンでロリンがひどい扱いをしているという噂を聞いていた。夫人は逃げ出したことがあるが、元の鞘に戻った。そうするしかないから戻ると友人に語ったらしい。一人ではどうすることもできなかったのだ。しかし、いまこちらにやってきた夫人の歩き方は、肩をピンと張った整然としたものだった。静かな決意を秘めているように見える。自分がやろうとしていることがはっきりとわかっており、何者にも妨げられないといった感じだ。この人が「一人ではどうすることもできないから」夫のもとに戻ったとは腑《ふ》に落ちないほどだった。感情が抑制されており、恐怖を抱いたり神経を乱して暴力的になったりしない点では夫と好対照だった。

ロリンは妻が現れたのを喜ばず、それを態度で示した。そのしぐさが実に厭だったから、私はほどなく席を立った。ロリンには無作法なことをしたかもしれないが、本当に心底嫌気がさしたのだ。

われわれが投宿していたホテルは旧式で飾り気がなかった。熱いバスに入ろうと思ったら一日中不平を鳴らさなければならない。衛生設備は旧式どころではなく、電灯さえなかった。それでも私はこのホテルが気に入っていた。オーナーも従業員も親切で腰が低い。誰もが友好的だった。だが、当然のことながらロリンはすぐさま不平の嵐になった。食事の量が少なくて単調だ、水が乏しいのはホテルの恥だ、ベッドが堅すぎるといった調子である。ロリンは皆に文句を言ったから、夫人とは逆に誰からも嫌われるようになった。夫妻がどこへ行っても同じことになるだろう。おかげで、ロリンの妻に対する愛情が深まることはなかった。

完全に引きこもりたいと思うのなら、サーク島は理想的な島だ。いまの世はせわしなくてどこへ行っても人がいる。その点、これほど人目につかない島は世の中にないはずだ。南太平洋の島なんてピカデリーなみに混みあっている。サーク島から出るのは容易ではない。ジャージー島を訪れたいと思っても、行けるのはせいぜい夜だけだ。船が小さすぎるから、ガーンジー島への便は波がよほど静かでも恐ろしい。さらに、この島自体が難儀だった。浜辺が少ししかなく、そこへ通じる道は切り立っていて手に負えない。面積が狭くて、いつもふと気づくと行き止まりになってしまう。中央がなく、言ってみればすべてが行き止まりなのだ。

難儀な孤島は魅力的であり、また苛立たしくも感じられた。いずれにしても、不思議な力があることは疑いなかった。春と夏は花々に覆われ、樹木の生い茂る小道がうねうねと続く。岩場の多い海岸はことにすばらしかった。暖かな日は蜂蜜の香りが漂うかのようで、荒れると厳粛な力強さに満ちた。ここではまだ古い歴史が息づいており、人々の話す言葉は英語よりそのかみのノルマン人の方言のほうが色濃く残っていた。自動車のたぐいは許可されていない。犬や猫はほかのどこよりも幸福に飼われていた。そういったことが独特の雰囲気を醸し出している。この島に一日か二日滞在すれば、種類は何であれ空想に取り憑かれはじめることだろう。べつにスーパーナチュラルなことを指しているのではない。個人的には、死んだ海賊はブラックベリーと同じくらいありふれたものだし、墓に入って一世紀経つ密輸業者たちは夜の小道でいつも寄り添うものだと思っているけれども。そういった妄想をかき立てる場所はたくさんある。サーク島が特異なのは、そこに閉じこめられると――あるいは監禁されると、寄り添う捕らわれ人に関する奇妙な妄想が実にたやすく起きるということだった。

いずれにしても、私はロリン夫妻にいたく興味を抱くようになった。先に言ったとおり、悪い人間はまれだ。小説家がそういう人間に出くわすと格好の取材になる。ロリンに関しても際限なく考えを巡らせることができた。この男の残酷さ、貪欲さ、恐怖、胸が悪くなるような性向といったものは、腺の欠如や脳の構造の歪みに由来すると単純に考えていいものか。簡単な手術を施せば悪魔を天使に変えることができるだろうか。もしそうだとすれば、なぜ実行に移さないのか。どの程度までロリン自身の罪なのか。あいつは自分を救うことができるだろうか、いや、本当に救われたいと思っているのだろうか。私はすぐさま断を下した。救われたいなどとは思っていまい。あいつは自分が卓越した人間だと思っている。それはただちにわかった。愉快で良き友で抜きん出て頭がよく、寛大で進取の気性に富んでいる――そういう人物だと思いこんでいた。むろん、ロリンが不当に扱われている部分もあった。多数の恨みを買い、自分も絶えず誰かを非難していた。だが、ロリンにも否定できない要素が一つあった。恐怖だ。たいていの人間は恐怖に捕らわれていないという点でロリンに優っている。どうしてそんなに平静でいられるのか、ロリンには理解できない。それだけになおさら人々を憎むことになるのだった。

しかしながら、私はすぐさまロリンより夫人のほうに興味を抱くようになった。夫人が私に好意を寄せたということではない。なにぶん抑圧された環境に身を置いている。どんな感情も抱かないことがいつしか身についたという感じだった。夫人の抑制ぶりは恐ろしいほどだ。誰かが一歩誤れば死に至る綱渡りをしているのに、じっと黙って見ているという雰囲気だった。夫人は死を恐れているわけではない。いままでの人生で最悪の経験をしてきたから、いまさら恐れるものは何もなかったと思う。夫人の抑制ぶりは私の頭に取り憑いて離れなくなった。奇妙なことに、ロリンがこの世で恐怖を感じないたった一人の存在が夫人だった。ロリンは夫人を見下しながらも鼻にかけていた。夫人の容貌、冷静さ（おかげで皮肉な舌鋒が夫人に向かうことはなかった）、鮮やかな手腕といったものを自慢していた。しかし、夫人のほうはロリンを不快に感じていた。二人の関係においては、夫人がロリンを打ち負かしていた。夫人はロリンを心底軽蔑していたのである。

そう思っているのなら、どうしてもっと早くロリンのもとを去らなかったのだろうか。これは一つの謎だった。ある日、二人きりになったとき、私は夫人とちょっと奇妙な会話を交わした。

「主人のことはとても好きというわけじゃないんでしょう？　ウェストコットさん」夫人はそうたずねた。われわれは道の突き当たり、サーク島の突堤に座っていた。眼下は波立つ海で、緑と紫の絹を敷き詰めた床がうねっているかのようだった。

「ええ、まあ」私は答えた。「大好きとは言えませんね」

「好かれる人じゃありませんから」夫人は冷静な口調で続けた。「あの人のことはよくわかってます。せいぜい哀れみを感じてもらったらいいほうでしょうね。とても孤独な人なんです」

「ええ、そう思います」

「わたしはもう哀れみすら感じません。何度か悪いときがありましたから」夫人は薄青い瞳で私を見た。「知らない方に夫のことを言うのは慎みがありませんわね——あなたは全然知らない方ってわけじゃありませんけど。ですから、あの人のことはもう……」

「それなら、私も包み隠さずに申しましょう」私は言った。「どうして何年も前にロリンと別れなかったのか、それが腑に落ちないのですが」

「そうですか。実は一度逃げたんです。戻ってしまいましたけど。そのときはまだ愛していたんだと思いますわ。長い間、夫には肉体的な魅力がありましたから。いまはもう触れられるのもいや。でも、何をされるのもいやかと言うと……結局は未練があるんですわ。結局は」そう繰り返すと、夫人は海を見た。

「私はずっと年を食っていますが」長い沈黙のあと、私は言った。「アドバイスできるほど聡明ではありません。馬鹿げたことを言いますからね。でも、ロリンとは別れなさい。あなたは若くて健全で魅力的なんですから。差し出がましいと思われるかもしれませんけど、時間はたっぷりあります。明るい人生をやり直すことはできますよ」

「ええ、そのとおりですわね」夫人は立ち上がり、ドレスに付いた草を手で払った。そのとき、ちょっと不安がよぎった。ロリンがいたなら、こう声をかけてしまったかもしれない。「気をつけろ」と。

夫人はとても冷静で、堅い意志を秘めていた。

*

その後、ロリンは私に情熱的なまでの好意を示すようになった。ロリンは神経症の気味があったが、ほかの神経症患者と同様、自分がこの振動し顫える世界の中心にいると考えていた。そんなものは神経のせいにすぎないのに。間断なく不安を覚えると、絶えまなく安心を求めざるをえなくなる。ロリンは酒や女で気を紛らわせた。また、自分より精神状態の安定したひと握りの人間と付き合うことで安心感を得ようとした。私に付きまとうようになったのは、そういう事情によるものだろう。

ロリンは内心こう思っていたに違いない。「ウェストコットは凡庸な人物だ。何事も運命だと平凡に受け入れるから、攻撃されても気にかけることはない」

私は嵐が治まるまで雨宿りをする木みたいだった。だが、木陰では再び太陽が現れる瞬間を見ることができない。ロリンの人格にはきわめて女性的なところがあり、あの男がまったく信用できない理由の一つになっていた。女性の魂を宿した男は往々にして優しい。寛大で自己犠牲を厭わず高貴でさえあるのだが、決してあてにはならないのだ。

ロリンが突然好意を示しはじめたとき、私は言い知れない嫌悪感を覚えた。夫人と同じく、触れられるのも厭だった。なのに、ロリンは手をなれなれしく私の腕にやり、ぎゅっと押しつけるようになった。最初は大目に見たけれども、あるときわずかに身を引いた。その瞬間、私はロリンの瞳にさっと疑念が走るのを見た。

ロリンとの関係がはからずも進展してしまったのはメイリー姉妹のせいだった。明るくて骨太な体で活発な姉妹だった。申し訳程度の服をまとって水泳やテニスに興じ、ひっきりなしにしゃべり、むやみに笑った。姉妹はロリンを怖がっていたから、同席しているときは注意を払わないようになおさら饒舌になり、笑う回数も増えた。

ある日、朝食のあと、われわれ——ロリン夫妻、メイリー姉妹、私——はベランダに座っていた。見下ろすと、なだらかな草地が鮮やかな銅色の浜辺へと続いている。そのたもとには一頭の老いた白馬がおり、耳の蠅を払いながら砂糖を所望いたすとばかりに片方の目を開いていた。

「銀山ならうってつけね」メイリー姉妹の片方が言った。

「何にうってつけなの？」ロリン夫人がたずねる。

「屍体の隠し場所。グラディスがつまんない探偵小説を読んでるんです。ある男が人殺しをして積んである干し草の中に埋めるの。なんて馬鹿な場所かしら。でも、銀山なら広いですものね。絶対誰も見つけられないわ」

ロリンの手が私の肩に触れた。

「銀山というと?」ロリンはたずねた。

「海のほうへ下っていくと女神の浴場の近くにあります。見物されるといいですよ。もちろんずっと採掘はされてなくて、まったくほったらかしでフェンスも何もないですから。恋人をちょっと散歩に連れ出して、銀山の中に閉じこめちゃうんです。そして次の朝、あの人は早い便で島を離れたって言うんですよ。これなら誰にも悟られません」

「でも、そんなことしたら幽霊に祟られるわ」妹のほうが言った。「それじゃ引き合わないわよ」

「そうかもしれませんね」ロリン夫人が言った。「でも、生きている人のなかにはもっとたちの悪い人がいますよ。幽霊ならうまく付き合うこともできますから」

その晩、ロリンが私に言った。

「例の銀山へ行ってみないか、ウェストコット。気持ちのいい晩だからな」

気乗りはしなかったが私は従った。野原を横切り、小道を下って丘を登ると、海を見下ろす場所に出た。

「ぞっとしないな、あのメイリー姉妹は」と、ロリン。「おれは耐えられない」

「いい人たちだよ」

「あんたは誰だって好きだからな。おれの嫌いなタイプだ。みんな明るくてゴツゴツしてて。あいつらが冗談を言ってた銀山へ叩きこんでやればいいのさ」ロリンは私の腕に手を押しつけた。「ところで、どうしてずっと独身なんだ？」

「いや、男やもめだ」私は短く答えた。プライベートなことについてロリンと語り合いたくはなかった。

「そりゃすまん、知らなかった」

「男やもめも悪くはないさ。いまはとても幸福だ」

「結婚も悪くない」保護を求めるかのように、ロリンはさらに近づいた。「知ってのとおり、おれは二回結婚してる。グレースはもうおれの流儀を学んだ。ちょっと教育に骨を折ったけど、いまはおれに尽くしてる。実を言うとな、ウェストコット、信頼できる人間が周りにいると安心した気分になれるんだ。おれはあいつを心から頼りにできるから」

「そうだな」私は答えた。

ロリンはさらに近づき、私に身を押しつけた。

「このところ調子が芳しくないんだ。いろんな考えで頭がぐちゃぐちゃになる。自分の影にも怯えるくらいだ。怖くないのはこの世にたった一人、家内だけだ。むろん神経のせいだがね。おれは神経質だし、もう若くない。最近よく眠れないんだ。体にも少し具合の悪いところがあってな。なにしろ、風邪だと思ってたら実は肺炎で、一日か二日で死んじまうことだってあるんだから」ロリンは身震いした。「冷えてきたな。そろそろ戻ろう」

　ホテルに着く前にロリンは言った。

「散歩に付き合ってくれてありがとうよ。今夜は眠れそうだ」

　翌日、私はロリン夫妻とともに女神の浴場という名の岩場にできた池へ赴き、お茶を飲んだ。夫人と私は岩場を離れ、池で水浴びをした。夫人はとても泳ぎが達者だった。すばらしい一日だった。岩場にたどり着いたとき、夫人が言った。

「あなたがここにいらしてよかったわ、ウェストコットさん。ちょっと気分が変わりましたもの」

「それはどうも」私は答えた。「こちらこそうれしく思ってますよ」

「まあ、あなたも？　そんなことないでしょう。わたしたち、お互いに惹かれてるわけじゃないですから」

　戻る途中、銀山を通った。崩れたやぐらのたもとに、紅、黄、青、とりどりの花が咲いていた。立坑がくろぐろとした口を開けている。

「どれくらい深いんでしょうね」夫人が言った。

「地獄まで続いてるさ」ロリンは答えた。

　ロリン夫妻との物語はそろそろ山場に近づいているのだが、私はいま真実――私の物語における真実だが――を伝えることの難しさを痛感している。真実とは事実ばかりでなく、心の領域をも含むのだから。一連の出来事で私はずいぶん早くから懸念を感じていた。それが頭を去らず、常に意識するようになった。ずっと重荷を背負っているような感覚が纏《まと》わりついて離れなかった。いま振り返り、我が身に問う。私は何をすべきだったのかと。初めから終わりまで私は何もしなかった。思い出すだに恥ずかしくなる。では、実際に何ができただろうか。ロリンを説き伏せ、翌朝の船で島を去らせるように試みるべきだっただろうか。夫人にある問いを率直にぶつけてみるべきだったか。しかし、夫人が私を信頼していないとすれば、どうしてそんな質問ができるだろう。そう、夫人は私に信を置いていなかった。いや、あるいはそうではなかったかもしれない。いずれにしても、夫人が私に一歩前へ進ませてくれたなら、もしくは夫人にそうさせるように仕向けられたなら、私はどちらも救うことができたのではあるまいか。そのような一歩を踏み出していれば、事態は好転したのではないか。いや、わからない。正解にたどり着くことは決してないだろう。とにもかくにも、思い出せる限り誠実に事実を伝えることにしよう。

女神の浴場へ赴いた一日か二日後から、島の天気は崩れて雨になった。ある昼下がり、本を読むか原稿を書くか、メイリー姉妹とブリッジでもするか、あるいは夕食までひと眠りするかと部屋で考えていると、ドアの開く音が聞こえた。見ると、ロリン夫人が立っていた。いままでどおり沈着冷静で自信に満ちた様子だった。夫人は中に入り、後ろ手にドアを閉めた。

「来るつもりはなかったんです」夫人は言った。「この部屋へ来たら、ひどい噂になるかもしれませんからね。でも、あいにくこの島であなたが独りきりになることはないですから。わたし、アドバイスをしていただきたいんです、ウェストコットさん」

夫人はベッドの近くの椅子に腰を下ろした。

「教えてください」夫人は笑みを浮かべて私を見上げた。「自然法はどの程度まで破っても罰せられないものでしょうか」

「自然法によって罰せられないという意味ですか？」私はたずねた。

「ええ……何千年もともに暮らしてきた人間たちは、社会を正常に保つために守らなければならないある種の法律を決めました。こうして決められたものは概して賢明なものです。でも、なかには破ったほうがいいものもあるんじゃないでしょうか」

「まあそうですね」夫人の落ち着いたまなざしを受け、私はややぼうっとする思いで答えた。

「わたしは正気じゃないのかもしれません」夫人は続けた。「もちろん正気のつもりですけど、真の姿はわかりませんものね。とにかく、ある方向へ行動を起こすことは正しいと感じているんです。あなたも、ほかの誰もが絶対非難するような行動ですけど。実はわたし、その法を自分の手で動かしてみたいんです。そうすることは正当化されますか？」

「そうですね」私は答えた。「あなたに結果を引き受ける用意があれば」

「わたしの身に起きる結果ということでしょうか」

「ええ」

「まあ、それなら大丈夫です。わたしの身には何も起きないから。これっぽっちも心配してませんわ。わたしはずっと前に死んだのですから。その代わり、わたしの幽霊――あるいは幽霊の幽霊がまだこの世にぐずぐずしてるんです。宗教的な迷信が変に残ってるのかもしれませんけど。人間たちの法を破るつもりはないんです。でも、法はそれだけじゃないでしょう？　もっと深い不変の法があるはずです」

私は夫人を見た。そして、この人はもう正気じゃないと思った。この冷静さ、薄青い瞳に潜む幽かな影。もはや理性で考えることをやめた女性のように感じられた。夫人は論理の律する領域からすでに追放されていた。

入ってきたときと同様、夫人は唐突に立ち上がった。

「聞きたいことがあります」と、夫人。「あなたは神を信じますか？」

「ええ」私は答えた。「霊魂の世界を信じていますよ」

「わたしもです」夫人は内なる考えをたどり直すかのようにうなずいた。「でも、永劫にわたる罰なんてありませんわ。まったく馬鹿げてます。とにかく、思うとおりにするだけです」

そして、夫人は去った。

＊

すでに述べたように、サーク島は想像力にあふれた者にとっては危険な場所だ。現実にはないものまで見える。どの岩も意味ありげで、花々すら万事を心得ているように感じられるのだ。天気が悪いと内にこもるようになる。ロリンは私を独りにさせようとしなかった。島、ホテル、旅行客、現地民、あらゆるものに毒づいていた。陰では私のことも悪しざまに言っていたに違いない。

「どうして島を出ないんだ？」私はたずねた。「一日に二便も船があるじゃないか」

「なかなか決心がつかなくてな」ロリンは答えた。顔色はとても悪かった。寝つけないのだと言う。「おれはこのひどい島で物を見続けている。誰かに尾行されてるような気がするよ」そう言うと、ロリンはこらえ性がなくなった。妻を憎んでいるけれども、この世で信用できるのはあいつだけだと言う。「あいつと一緒にいるときは安全なんだ。後ろの壁みたいなものだからな」

ロリンが夫人を憎み、同席するのを耐えがたく思いはじめていたのは事実だろう。夫人に威張りちらし、ガミガミ文句を言い、召使のように命令する。まったくたまらない仕打ちだった。あるとき、あまりにも目に余るから私は席を外した。ロリンは私の部屋まで後を追ってきた。

「どこへ出かけるんだ？　ちょっと散歩にって言ってたけど」

ちょうどいい機会だったから、私はロリンについて思うところを述べた。

だが、ロリンはほとんど聞く耳を持たなかった。「あんたはわかっちゃいないんだ。あいつがどんなに癪《しゃく》に障るか。この天気は神経に悪いな。そうそう、おれはこの腐った島を出ないことにしたよ。死ぬまでここにいてやる。羊歯《しだ》や石に交じって腐ってやるんだ」

その晩、私はぎょっとして目を覚ました。誰かが部屋にいることに気づいたのだ。私はマッチを擦り、蠟燭に火を灯した（ホテルには電灯がなかった）。起き上がってみると、ベッドのかたわらにロリンが立っていた。パジャマ姿のまま全身を顫わせている。ベッドの端に座ると、ロリンは私の腕をつかんだ。

「どうしたんだ」私は問いただした。

「五分間ここにいさせてくれ。怖いんだ」

ロリンのすべてが厭わしかった。腕をつかんだ手の感触、パジャマの前をはだけた体、赤と白がまだらになった顔色、真っ赤な寝室用のスリッパまで厭だった。それでも、哀れに思う気持ちも残っていた。哀れむ以外にいったい何ができただろう。ロリンは取り憑かれた男だった。

ロリンは支離滅裂な話を私に語った。不眠の果てにやっと深い眠りに落ちると、夢を見た。ぞっとするような夢だった。澱《よど》んだ水たまりの中に深くて暗い穴がある。ロリンはその底に横たわっていた。鱗のある魚たちが目の前を横切っていく。体はもうバラバラで、動くのは腕だけだった。

「何か悪いものでも食べたんだろう」私は言った。

「おれは死んでた。いや、いまは生きてるがな。とにかく苦痛だった。ウェストコット、どんなに苦しかったか。穴に落ちる前の一瞬が最悪だった。おれはわかったんだ、もうすぐ落ちるって。だから、こう叫んだんだ。ウェストコット、助けてくれ！　おれはもうすぐ死ぬ……そして……あの瞬間がやってきたんだ」

ロリンはベッドを離れ、近くで横になった。あんまり飲み過ぎるな（実際に飲んでいた）、私はようやくそれだけ言った。

「馬鹿なことを言うと思うだろうがね」私は続けた。「アドバイスをしてやろう。ロンドンへ戻れ。もう少し寛大な物の見方をしろ。誰彼なしに毒づくんじゃない。それに、奥さんにもっとよくしてやれ」

「ほほう、お説ごもっともだよ、ウェストコット。あんたも忌ま忌ましいオプティミストなんだな。結構なことだ。あんたにかかったら万事順調になるさ」

「いや、違うよ」私は短く答えた。「子供のころ、コーンウォールにこんなモットーを持つ年老いた漁師がいた。感傷的なモットーだから、君のような人種は一笑に付すだろうけどね。『大事なのは生きることじゃない。勇気を持って生きることだ』君にとっては乙女の祈りみたいなものだろうけど」あくびをしてから（実に眠かったのだ）私は続けた。「でも、君の場合にも当てはまるかもしれないな。ロリン、君は臆病者なんだ。自分の影に怯えてるんだ」

ロリンはそのモットーを滑稽に思ったようだが、おかげで気分は持ち直したらしい。

「日曜学校で教えるべきだな、ウェストコット。あんたの親父さんは牧師かい？」

「父は心底腐った大酒飲みだった。子供は私だけだけど、年とってからも好色でね。そんなわけで、役に立つモットーだとわかったんだ」

ロリンは落ち着き、ありがたいことに部屋を去った。

だが、その晩のことがこたえたらしい。翌朝、ロリンは私に告げた。次の日、夫婦そろってロンドンへ発つと。

それにしても、何という朝だったことか。とても忘れられるものではない。湿った霧が忍び寄り、島のすべてを覆っていた。一ヤード先も見えない。手を挙げろと命じるアメリカのギャングのように木が不意に現れる。私はとりたてて神経質な人間ではない。たいていの人々と同じだ。しかし、その朝は恐れと狼狽が入り交じったような状態だった。ほかに説明の仕様がない。何かしなければならない——でも、何を？　とにかく、ロリンから目を離すことはできなかった。午前中はずっとロリン、メイリー姉妹とブリッジをした。

「こんな日に殺人はどうかしら」姉妹の片方が明るく言った。「ハートの三ね」

ふと顔を上げると、窓辺にロリン夫人が立っていた。舗道に蛇のように渦巻く湿った霧を眺めている。ちょうどダミー（最初に持ち札要求をする人と組んでいる者）だった私は立ち上がって夫人に歩み寄った。

「明日お発ちになるそうですね」

「ええ」夫人は振り向き、私にほほ笑みかけた。

夫人は身じろぎもせずに立っていた。ほとんど息もしない。ただ、目はしっかりと私を見据えていた。まるでこう言っているみたいだった。「それで……あなたはどうするつもりなの？」

それから、夫人は奇妙な動きをした。手のひらで窓ガラスを強く押したのだ。破ろうとするかのようだった。その瞬間、私は確信した。この人は正気を失っている。

夕方の六時半ごろ、私はベランダに出てみた。レインコートをまとったロリン夫妻の姿が見えた。

「おーい」私は声を上げた。「二人でどこへ行くんです？」いぶかしい行動だが、あらかじめわかっていたようにも感じられた。

「ちょっと散歩に」夫人が答えた。

「散歩？　こんな天気にですか」

「ええ。今日はずっと息が詰まるような天気でしたから、ちょっと運動にと。ねえ、ウィル」

「じゃあ、私も行きますよ」

「いえ、結構よ」夫人は答えた。「厭な思いをされるでしょうから」

ロリンはひと言も発しなかった。

「どこへ行くつもりです？」私はたずねた。

「わかりませんわ。行き止まりの道を越えて、女神の浴場の近くまでって感じかしら」

「銀山に落ちないでくださいよ」

夫人は答えなかった。全員黙りこんだ。そのときのロリンの様子を私は決して忘れないだろう。催眠術にかかった人間、あるいは夢遊病者のようだった。夫人の視線はじっと夫の顔に注がれていた。

私はこう叫びたかった。「ロリン、行くんじゃない。行っちゃだめだ！」だが、私も催眠術にかけられたようになっていた。立ったまま見送るしかなかった。夫妻は霧の中へ消えた。ロリンは犬のように夫人についていった。

夕食の席に夫妻は姿を見せなかった。いまにも戻ってくるかと、私は入口のドアを見張っていた。九時ごろのことだ。窓の外からロリンの声が響いたような気がした。「ウェストコット！　ウェストコット！」あわてて飛び出したが、霧が深くて何も見えなかった。「ロリン！　ロリン！」私はそう叫びながら少し道を駆け下りた。

むろん、答えはなかった。潮騒が遠くで響いているだけだった。その夜の眠りは途切れがちで、私は何度も目を覚ました。

翌日、朝食の席にロリン夫人がいた。とても落ち着いた様子でベーコンエッグを食べていた。

私は歩み寄った。

「おはようございます」私は言った。「ゆうべは夜霧に濡れたんじゃないですか」

「ええ」

「ロリンはどこです？」

「七時半の便で発ちました。ガーンジー島で何か用事がありまして。わたしも十時の便で追いかけます」そう言うと、夫人は微笑を浮かべて手を差し出した。「さようなら」

「さようなら」私は答えた。

中国の馬

Chinese Horses

三十五歳のとき、ミス・ヘンリエッタ・マクスウェルは突然の不幸に見舞われた。十歳のおり交通事故で両親を亡くして以来、一人娘だったミス・マクスウェルは長年独りぼっちで過ごしてきた。おかげで男性のような独立心と自らを恃《たの》む気持ちが身についた。つい最近まで、物事はまずまず順調に進んできた。裕福ではないにせよ、あの運命の一九一四年八月まで、暮らしていく分にはまったく不足はなかった。ローズ（ロンドンのクリケット競技場）からさほど遠からぬセントジョンズウッドに家を買ってあった。すてきな庭、鏡板の装飾が施されたダイニング・ルーム、奥のほうには細長い音楽室もあった。すぐさまミス・マクスウェルはこの家がいたく気に入り、購入することに決めた。その後、世界大戦が起こり、すっかり巻きこまれてしまった。フランスにおける看護婦の仕事は、厳格な准将のもと苛酷を極めた。一九一七年の終わり頃には不眠症で倒れ、静養のためにイギリスへ戻った。思ったより長患いになり、休戦を迎えてしばらく経つまで以前の自分には戻らなかった。恐らく完全に戻ることはないだろう。神経がこうなってしまうなんて、戦争が始まるまでは想像もつかなかった。いまは痛いほどわかった。

その後、ミス・マクスウェルは家の財政が妙な具合になっていることに気づいた。まず、生活費が以前の倍になっていた。ささやかな三人の使用人は忠実で情の深い者たちだったが、当然のことながら生活のことも考えてやらねばならない。親切だがやや軽はずみなところのある友人から金を借りていたけれども、返済は馬鹿にならなくなっていた。ミス・マクスウェルはもてなし厚いたちで、友人に感じのいい客人用の寝室を提供するのを断ることなどできなかった。おかげで、いつも誰かが出入りすることになった。思いがけない客人が食事に立ち寄って愉快な時を過ごす。ミス・マクスウェルは客に家を褒められるのが何より嬉しかった。おざなりな褒め言葉だとわかるものもあったが、折にふれて心底息が詰まるような声も聞いた。「まあ、あなた、なんてすてきなんでしょう」図書室の一角をひと目見るなり、そんな感嘆の声が漏れるのだ。樹木を望む細長い窓、ダークブルーの天井、白い本棚、金色の鏡、それに、いちばんお気に入りの絵。それはクラウセン（一八五二―一九四四。英国の風景画家）のすばらしい山荘の水彩画で、シルバーグレイの池やほんのりと青みがかった丘も描かれていた。ミス・マクスウェルは内心、誰の蔵書だってこれほど完璧には見えまいと思っていた。本のほうも居場所を気に入っているように見えた。蔵書は自分たちが喜んでいることを示したがっていた。おまけに図書室はいたって日当たりがよく、この世で最も皮肉な書物に数えられるものも、その一角に収まると親しげで気持ちよさそうに見えるのだった。ある冬にスタンダールを熱心に読んだあと、ちょっと寒いドアの近くから日のふりそそぐ窓ぎわへまとめて本を移動させたことがあった。スタンダールの居心地がいいようにと思ったのだ。

どんな隅っこや割れ目まで、ミス・マクスウェルは家を賛美していた。地階は暗くなければならないはずだが、そうではなかった。最上階の二つの小さな部屋は、晴れた日には暑すぎて誰も眠ることができず、逆に冬は寒くて毛皮のコートが必要だった。しかし、すべてを総合すると快適な温度が保たれていた。寒い日にはどこかに必ず暖かい部屋があり、夏の盛りにもとても涼しい部屋があるのには驚くばかりだった。家はそのように客人をもてなし、荒れている部分がほとんどないほど入念に手入れがなされていた。とりわけ入念なのは色だった。ミス・マクスウェルもことのほかその色がお気に入りだった。ロンドンはどんよりした天気が多いから、オレンジや紫や燃えるような赤が不足してるでしょ——この発言には確かにうなずけるところがあった。もっとも、昨今の人々のように奇抜な色を好んでいたのではない。ダイニング・ルームを黒とオレンジに塗ったなら、最初の月は東方を舞台にしたミュージカル・コメディの背景幕のように見え、次の月は二つの色をうまく融合できなかった室内装飾家の店、三カ月目になるとみすぼらしく小汚い感じになり、最初から塗り直さなければならなくなるだろう。そう、ミス・マクスウェルはべつに奇矯ではないのだ。というわけで、白い本棚が並ぶ家の壁紙はシルバーグレイなのだった。さらに、外国で見つけた品々も所有していた。いくつかの銅像、二頭の立派な中国の馬、日本の版画、スペイン製のショール。階段を上れば、寝室の隣の小さな化粧室にささやかながら美しいイギリス陶器のコレクションがあった。こういった品々をミス・マクスウェルは心から賛美していた。所有物に何の関心も示さない人々は理解できなかった。中国の馬、ウェッジウッドのボウル、ジェーン・オースティンの二冊の初版本、クラウセンの絵といったものは友人と同じくらい親しく、大勢いる単なる知人よりはるかに大事なものだった。しかし、家それ自体の魅力の前には色あせた。家はミス・マクスウェルの友人、カウンセラー、悩んだときに慰めてくれる者、病気のときには医者、眠れないときには伴侶、そして、自分を愛し、愛情に心から応えてくれる存在だった。苦渋の選択を迫られたとき、ミス・マクスウェルは家についてそのような感慨を抱いた。生活が立ち行かなくなり、事態が好転するまで誰かに貸して家を離れなければならなくなってしまったのである。

借り手はうまく見つかった。ひと目見るなり気に入ったとてもきれいな若い娘がいたのだ。見たところ物静かできちんとしていそうだった。犬を飼ったりダンスに興じたりもしない（と、本人が言っていた）。この娘――ミス・マーチはほんとに美しく、家には実にふさわしかった。ささやかな三人のスタッフを引き継ぐ用意もあった。それに、いつでもお訪ねください、大歓迎ですと言ってくれた。そんなわけで、実際に家を後にするときは予期していたほど辛くはなかった。むろんみじめな気分ではあったが、イーストボーン（イングランド南東部の保養地）へ赴いたミス・マクスウェルは、海辺でこう考えた。あのかわいい人は家に出入りしたり、階段を上り下りしたりしているだろう。事態が好転し、持っている株が上がれば、またあの家に戻れる。それまで指折り数えて待つことにしよう。

最初はそう思ったけれども、しだいに日を追うごとに家がますます恋しくなってきた。ある日、買い物を終えて昼を食べに宿に戻ろうとしたミス・マクスウェルは、突然気が変わってロンドン行きの電車に乗りこんだ。セントジョンズウッドまで歩き、薄暗くなったころ小さな門のあいだから様子をうかがい、呼び鈴を鳴らした。ミス・マーチはいらっしゃいますかとたずねたところ、きつそうな感じの女が現れ、いまは不在ですと告げた。ミス・マクスウェルは悄然とイーストボーンへ引き返した。かわいいメイドにいったい何が起きたのだろう。あの子は自分と同じくらい家を愛していたのに。出てきた女は見るからに何も愛さないような感じだった。ミス・マーチに手紙を送ったところ、ちょっと堅苦しい短い返信があった。スタッフを追加した、水道管が破裂した、屋根裏部屋で寝た妹がひどい風邪を引いた、手紙にはそんなことが記されていた。初めて舞踏会へ行った娘が大勢の人に不細工だと笑われて帰ってきたような心地になったミス・マクスウェルは、ロンドンに赴いてミス・マーチと会った。娘は以前のようにかわいくは見えなかった。いろいろと不満を抱いていた。セントジョンズウッドはどこへ行くにも遠すぎる。それから、自分は一冊も本をなくさないようにと思っていたのに、目を離した隙に友人が持ち出してしまったらしい。本については良心のとがめない人がいるのは不思議だ。ミス・マーチはそんな愚痴をこぼした。お茶を飲んでいるとき、変な人たちが何人か入ってきた。ミス・マクスウェルは確信した。この大声でしゃべるうるさい人たちは美しいものに何の関心も示さないだろう。中国の馬を見たら笑うかもしれない。本などは鬱陶《うっとう》しく思うだろう。結局、ミス・マクスウェルはちょうど角を曲がったところに二間続きの部屋を借りることにした。だらしのない女主人が管理する狭苦しい部屋だが、窓から家を望むことができる。正面は庭だし、ぐっと身を乗り出せば図書室まで見えた。ミス・マクスウェルはここに身を落ち着け、時を待つことにした。

＊

執着がいかなるものか、われわれはみな知っている。対象にほんの少しだけ距離があるとき、人は最も不可思議な魅力を感じるものだ。ミス・マクスウェルはいつも家を恋い慕っていた。だが、いま目に触れるのはその断片だけだった。色づいた芝生、煉瓦塀、家を護る樹木。それはうっとりするような光景だった。ミス・マクスウェルは何事にも集中できなくなった。そうしようとしても駄目なのだ。家は異を唱えていた。確かに抗議をしていた。どうして貧乏暮らしをしているのか、あんな不精者に管理を任せておくのか。家はそう言ってたえまなく責める。家にできることはない。異を唱え、解放の日を待つしかなかった。そして、ミス・マクスウェルにとっての最良の手段は、できるだけ家の近くに住むことだった。

しばらくすると、ロンドンに夏が到来した。樹木は青々と茂り、セントジョンズウッドの小径では花々が香りをまきちらした。しかし、ミス・マクスウェルは自らの執着心に恐れを抱きはじめていた。「わたし、ほんとに頭が変になってるんじゃないかしら」ある晩、鏡の中の自分を見つめながら自問自答した。「気をつけてないと、何か馬鹿なことをしでかすわよ」その日の午後は、手摺りに鼻をくっつけ、向こうの庭のちょっとくすんだ月桂樹を眺めていた。庭には夏らしいワンピースのドレスをまとったミス・マーチがおり、顔が月みたいに丸くて恰幅のいい紳士とお茶を飲んでいた。じっと様子を見ていたミス・マクスウェルは、ほどなく二つの事実に気づいた。一つは月みたいな丸顔の紳士がお金持ちだということ、もう一つは紳士がミス・マーチに恋しているということだった。紳士が裕福なのは衣装や満ち足りた雰囲気や物腰から察しがついた。草の上に金貨を撒き、そのほとんどを雀が奪い去っても気にかけないような感じだった。ミス・マーチに愛情を抱いているのは疑いなかった。あの人の瞳は愛でうるんでるわ――ミス・マクスウェルは内心そうつぶやいた。ミス・マーチが気を遣いながら紅茶に砂糖を入れるとき、口にするものにうるさそうな紳士はまったく砂糖を見ず、相手ばかり見ていた。これが何よりの証拠だった。

その晩、ミス・マクスウェルはある陽気な老婦人と夕食をともにした。その話題になったところ、老婦人はまずこう言った。「ねえあなた、その男の人がお金持ちで若い女に恋してるのなら、すぐにプロポーズするでしょうよ。女性はプロポーズを受けて家を離れるでしょうね」

「えっ、どうして家を?」ミス・マクスウェルはたずねた。家を離れると聞いてにわかに胸が高鳴った。

「どうしてって、考えてごらんなさいよ」陽気な老婦人は答えた。「その男の人、お金持ちで太ってるんでしょ？　そんな人がセントジョンズウッドの狭苦しいちっちゃな家に住むはずないじゃないの。まあ、ごめんなさい」そう謝って続ける。「もちろん狭苦しいなんて思っちゃいませんよ。宝石みたいにきれいな家ですとも。でもね、新婚夫婦には手狭ですよ。自動車も買うでしょうし、ディナー・パーティにたくさん人を呼ぶでしょうし、自家用機の一台や二台だって持つかも」

実にすばらしい。ミス・マーチは絶対に家を離れるに違いない。そのとき、次に誰が住むかなんて少しも考えないだろう。それは自分かもしれない。南アフリカに住んでいる年老いた裕福な伯父が死んでくれるかもしれないし、持ち株が上がるかもしれない。自分が新しいラジウム鉱を発見したり、思いがけない幸運を得たりする可能性もある。とにかく、ミス・マーチが出て行くのはすばらしいことだった。

「で、あなた、どう思ってるの？」陽気な老婦人が言った。「その人、もうプロポーズはしたのかしら」

「いいえ、まだですよ」と、ミス・マクスウェル。「あのひとが砂糖を入れるやり方を見てたらわかりました。もし済んでるのなら、もっとぞんざいに入れるでしょう。絶対にプロポーズを待ってるんですわ」

「それなら」老婦人は言った。「まったく問題なしね。男は好きで、女はプロポーズを待ってるんだから」

物語は次の段階に進む。ミス・マクスウェルは、実際にくだんの恰幅のいい紳士と会って話をした。家の門を出ると、葉陰の多い小径になる。ミス・マクスウェルはこの道を散歩するのが常だった。ある日の午後六時ごろ、紳士がとても急いで門から出てきた。顔を紅潮させながらまっすぐ向かってきたから、危うくぶつかって倒れそうになった。紳士はとても狼狽した。

ミス・マクスウェルは気さくに笑って言った。

「ケガですって？　いいえ、何ともありませんわ。お会いできてうれしいです」

「えっ……私に会ってうれしいと？」紳士はポカンとした顔で口ごもりながら答えた。

「ええ」ミス・マクスウェルは言った。「実を言いますとね、あそこはわたしの家なんです。最近しょっちゅう出入りされてますよね。わたし、あの家が何より好きなんです。でも、人に貸さなきゃならなくなって……ほんとはそんなことしたくなかったんですけど。そういうわけで、家がちゃんとなってるかどうか、いつも気にかけてるんです。それでいま、あなたから話を聞けるわけですから」

「家がちゃんとなってるかどうかですって？」紳士は繰り返した。ちょっと頭の回転が鈍いようだ。「ああ、大丈夫だと思います」

知らず知らずのうちに、二人は一緒に道を歩くようになっていた。

「上から下まで行ってみました？　中国の馬は大丈夫かしら。もちろん、ちゃんとしまっておくべきだったんですけど、ウェッジウッドのお皿や本も。あの家にそういったものがないなんてとても耐えられませんから。ジェーン・オースティンは銀行に預けたんですけど」

「ジェーン・オースティンを銀行に預けたですって？」紳士はまた同じことを言った。賞賛するような目でミス・マクスウェルを見る。明らかに女性に強く惹きつけられるタイプの紳士だった。

「ええ、初版本ですの。とっても状態がよくて、値打ちのある本です。でも、わたしにはそれ以上のものなんです。お金には替えられませんわ。あなたも初版本を蒐めてらっしゃいます？」

「うん、いや、やってるようなやってないような……」紳士は要領を得ない答えをした。

「どういうことですの、やってるようなやってないようなって」ミス・マクスウェルはぴしゃりと言った。「初版本を蒐めている、蒐めていない、そのどちらかでしょ？　中間はありませんわ」

「そ、そうですね。おっしゃることはよくわかります」紳士はそう答えて笑った。「馬鹿なことを言いました。でも、ほんとに馬鹿なので」

ミス・マクスウェルはこの言い方が気に入った。人はびっくりするほど短い間に誰かと意気投合することがある。

「あなた、ミス・マーチがとってもお好きなんでしょう?」

「ど、どうしてそれを?」紳士は顔を赤らめながらたずねた。この紳士は頻繁に赤面するのだ。

「庭の芝生で一緒にお茶を飲んでたでしょ?」ミス・マクスウェルは答えた。「わたし、手摺りごしに見てたんです」

「ああ、そうですか。確かにとても好きです。大変美しい方ですから。妻になってくれと言おうかと思ってます。私は妻が欲しいもので」紳士はそう打ち明けた。まるで新しい帽子を欲しがっているような言い方だった。「私はもう四十二で、かれこれ七年も男やもめなんです。年を取るごとに難儀になってきましてね」

「何がですの?」と、ミス・マクスウェル。

「男やもめでいることです」

「でも、それはミス・マーチと結婚する積極的な理由にはなりませんわ」

「いえいえ、ほんとにあの人のことは大好きですから」紳士は答えた。「とてもかわいくて優しいんです」

「かわいいのは事実ですけど」ミス・マクスウェルは言った。「こう考えてみたことはおありかしら。あなたを釣るときには優しくなるはずだって。釣る前の魚と釣った魚とは違うでしょ?」

「私を釣るですって？」紳士は立ち止まった。二人はセントジョンズウッド・ロード駅に近づいていた。「そんな恐ろしいことは……」

「だって、あの人のほうもあなたと結婚したがってますよ」と、ミス・マクスウェル。「若いのはいまのうちですからね。それに、あなたはお金持ちで、とっても人のいい方なんだし」

「どうしてそんなに私のことがわかるんです？」紳士はびっくりしてミス・マクスウェルを見た。

「観察するのは得意なんです」ミス・マクスウェルは答えた。

「あなたの思ってるとおりですよ」紳士はあからさまな賞賛のまなざしでミス・マクスウェルを見た。

「ひとつ教えてください。あなたがミス・マーチにプロポーズして結婚してもあの家に住みます？」

「住まないと思いますね。あの人、自分には狭すぎると言ってるんです。それに、どこへ行くにも遠いと」

「狭すぎてどこへ行くにも遠いですって！」ミス・マクスウェルはむっとして言い返した。「あなたに比べたらあの家なんて値打ちがないんでしょうね。とにかく、ミス・マーチがあなたと結婚することを期待してますわ」

こうして二人は別れたのだが、驚くべきことにその後もしょっちゅう出会った。もっとも、考えてみれば自然な成り行きかもしれなかった。ミス・マクスウェルは頻繁にその道を通っていたのだし、ハーバート・ウィリングスという名のくだんの紳士もちょうど求婚のために足しげく同じ道を通う必要があったからだ。さらに言えば、ウィリングス氏は気の合う友人を求めていた。求婚の過程を誰かに腹蔵なく打ち明けることは、氏の欣快とするところだった。角を曲がったところに小さな公園があった。狭くてぱっとしない公園だが、ベンチがひとつあった。ミス・マクスウェルとウィリングス氏はそこに座って話をした。ウィリングス氏は望みなどをのべつまくなしにしゃべり、ミス・マーチの性格についてとりとめのない質問をした。氏はもう四十二、熱情の陰に中年ならではの用心深さも持ち合わせていた。今回は失敗したくない、氏はそう打ち明けた。ミス・マクスウェルはその言葉から、最初の結婚がうまくいかなかったことを知った。

ミス・マクスウェルは板挟みになっていた。ミス・マーチはこの人をとても不幸にするだろう、そんな確信がないでもなかった。とても子供っぽくてナイーブなウィリングス氏には優しい気持ちを抱いていた。人生の残り半分で不幸になってほしくはない。しかし、ミス・マーチと結婚したら絶対にそうなってしまうだろう。その一方で、手ごわい相手と暮らし、居心地の悪い思いをして人生と向き合ってみるのもいいだろうとも思った。さらに言えば、ウィリングス氏が結婚することを強く望んでいた。ミス・マクスウェルは家についての思いの一端をウィリングス氏に理解してもらおうと試みた。いろいろな部屋に入ってみるように仕向けてみたのだが、ミス・マーチは明らかにそうさせたがらなかった。どんなカーテンが掛けられているか、カーペットにブラシはかかっているか、陶器はどれくらい割れているか、ミス・マクスウェルはそういったさまざまな質問をした。そんな事情で、ウィリングス氏は寝室のガラスケースに収まっていたカップとソーサーを数えてみたのだが、あいにくミス・マーチに見つかってえらく怒られてしまった。ミス・マーチが怒ったのを見たのはそれが初めてだった。もうこりごりだと氏は語った。ミス・マクスウェルはすぐさま悟った。自分が家に抱いているような思いをこの人が共有することはないだろうと。そういったことにはまったく朴念仁だった。とりどりの色が使われている絵が壁に飾ってあれば悪くないなと思い、きれいな装幀の書物が本棚に並んでいたらなんとなく気分がいい。その程度だった。打ち明けたところによれば、ウィリングス氏はたいして本を読んでいなかった。ただ、昼間の仕事に疲れて眠くなったときに良質の探偵小説を読むのは好きだった。中国の馬についてはちょっと滑稽だと感じていた。ウィリングス氏はミス・マクスウェルに黄禍論について長々と講釈し、おかげで現在のヨーロッパがいかにバラバラになっているかと力説した。この場面は子細に眺めてみよう。大まじめに語っていたウィリングス氏は、驚いてミス・マクスウェルを見た。なぜなら、こんな返事があったからだ。黄色人種が中国の馬をもう一対持ってきてくれるのなら、ヨーロッパに何が起ころうと知ったことじゃありませんわ。

何週間か経ち、とうとうプロポーズの瞬間がやってきた。勇気を奮って実行に移すのにふさわしい時と場所はいかなるものか、ウィリングス氏は重ねて助言を求めていた。ミス・マクスウェルは芝生で過ごすお茶の時間にまさるものはないとアドバイスした。芝生に影が忍び寄り、雀たちが囀《さえず》り、花々は物憂げに眠り、テーブルの上には小さなピンク色のケーキがたくさん並んでいる。そんな場所と時間だ。だが、イギリスの天候だから仕方がないのだが、折あしく雨が続いた。七月だというのに十二月みたいに寒い。芝生でお茶など無理だった。おまけに、ウィリングス氏はひどい風邪をひいてしまい、プロポーズなど体調が許さなかった。かくして十日間が過ぎ、やっと晴れの日が到来した。

*

ついにその日がやってきた。ミス・マクスウェルはよくわかっていた。早朝、カーペットに日が差しているのを見たとき、ミス・マクスウェルはまずこう思った。「今日はプロポーズの日だわ」

口に出しては言わなかったけれども、ミス・マクスウェルとウィリングス氏のあいだには合意めいたものがあった。よく晴れた日の午後五時くらいに、狭くてほこりっぽい公園で落ち合う。はっきりした約束ではなく、どちらかに暇があれば行くといった程度だったのだが、頻繁にタイミングが合うのはびっくりするほどだった。

今日は一点の曇りもない午後だった。五時半ごろ、ミス・マクスウェルはベンチに座った。雀を眺めながら、胸を高鳴らせつつウィリングス氏が現れるのを待つ。あの人には秘密を打ち明けられる人間がきっと必要だろう。プロポーズというすばらしい機会について語る言葉を、ひとつひとつ思いやりを持って聞いてくれる人を求めているのだ。自分には思いやりがあるだろうか。ミス・マクスウェルは確信が持てなかった。朧《おぼろ》げな罪の意識も感じた。あの二人は結婚しても幸福にはならないだろう。少しも見込みはない。ミス・マーチはあの人を懸念したほうへ導いていくだろう。でも、あの家に比べたらそれがどうしたと言うのだろう？　つまるところはあの二人の問題で、自分には関わりがないのだ。べつにあの二人は友人ではない。ちょっとした知り合いにすぎないのだ。ベンチに座ったままミス・マクスウェルは思う。このすばらしい午後に起きたことのおかげで、あの家は自分のもとに戻ってくるのだと。ウィリングス氏はプロポーズし、ミス・マーチは受け入れたに違いない。二人は婚約し、家から出る。これは簡単な算術だった。あの二人が家を出たら、今度はどうあっても手放すまい。いまは具体的な見通しはないけれども、二度と理解のない店子《たなこ》に貸して情けにすがったりはすまい。ミス・マクスウェルはそう堅く心に誓った。最悪でも屋根裏の小部屋の一つに住み、パンとチーズで暮らすことはできる。そして、持ち株が上がるに従って一部屋ずつ使えるようにしていけばいいのだ。そうすれば、またあのいとおしい中国の馬を見て楽しむことができる。夜には家を見回り、手で絵に触れ、家具の「おやすみなさい」という囁きを聞く。陶器の幽かな光を眺め、半分開いた窓でカーテンが揺れるあえかな音を聞くのだ。

足音が響き、ミス・マクスウェルは顔を上げた。ウィリングス氏だった。いつもより顔をいっそう紅潮させ、とても動揺している様子だった。隣に腰を下ろした氏は、一気に説明するのではなく、驚いたことに無言のままだった。

「で、どうでした？」こらえきれなくなってミス・マクスウェルが口を開いた。

ウィリングス氏はまだひと言も発しない。

「ミス・マーチはプロポーズを受けましたの？　全部詳しく話してください」

「受けませんでした」

「受けなかった？」

「ええ」

「まあ、なんてことかしら！」ミス・マクスウェルはうろたえた。ウィリングス氏の顔を正面から見て続ける。「あの人が断ったってことじゃないでしょうね。だって、向こうも望んでたでしょ？　こんなチャンスは何百年待っても来ないのに。どうかしてるんじゃないかしら。もちろんそれなりにお金はあるでしょうけど十分じゃないし、あなたはこんなに優しい人なんだし」

ミス・マクスウェルの表情は複雑だったものの、言いたいことは明瞭だった。

「断ったわけじゃないんです」

「断らなかった？」

「ええ」

「でも、受けたわけでもないんでしょう？」

「そうです」

「じゃあ、考えるからちょっと待ってくださいと」

「いえ、それも違います」

「それなら……ねえ、ウィリングスさん、はっきり言ってくださいよ。これ以上焦《じ》らされたらたまりませんわ」

「単純なことなんです」

ミス・マクスウェルのほうへ向けた顔はむっつりしていた。

「プロポーズはしなかったんです」

がっくりと気落ちしたミス・マクスウェルは返事ができなかった。

「そうです、プロポーズはしなかったんです」ウィリングス氏は頑固な口調で続けた。「そのつもりもありません。絶対にプロポーズはしないでしょう。あの人を愛してなんかいないんですから。私の妻にと望んではいないのです」

ミス・マクスウェルは失望から立ち直ろうとした。同時に、好奇心も生まれた。

「プロポーズをする気がなくて、愛してもいないですって？　わたし、手摺りに鼻をくっつけて見てたときがあるの。あの日は愛してたじゃないの。だいぶ離れた木陰からでも、芝生に愛が滲み出てくるのがわかったわ。どうしてそんなに早く心変わりしたの？」

「確かに、愛していたかもしれません」ウィリングス氏は顔を朱に染めて答えた。「もし道であなたにぶつかっていなかったら。誰も同時に二人の人を愛することはできないでしょう？　その、私も同じで」

ミス・マクスウェルはすっかり面食らってしまった。おかげで息が止まり、言葉が出てこなかった。

「あの、それはつまり……」ようやくそう切り出した。

「つまりですね」ウィリングス氏はミス・マクスウェルを見つめながら言った。「私はあなたが好きになってしまったんです。最初に会った日からです。それ以来、思いはずっと募る一方でした。生意気な小娘なんてあなたとは比べ物になりません。あなたは聡明だし、優しくて楽しいし、それに……とてもお美しい」

「美しい？」と、ミス・マクスウェル。

「え、ええ、お美しいです」ウィリングス氏は動揺してどもりながら答えた。「いままで会った女性のなかでいちばんお美しいです。その穏やかな灰色の瞳は……」

「まあ、ウィリングスさんったら！」

ミス・マクスウェルは笑い出しそうになった。ウィリングス氏の大きなまるい瞳は哀れっぽい犬のようだった。その目を見ると、少し優しい気持ちになった。

「ちょっと考えてみてください。ここはセントジョンズウッドのほこりっぽくて狭い公園、おまけにわたしたちはどちらも中年ですよ。全然ロマンチックになりそうもありませんわ。前途のある若くてきれいな娘さんがいるんです。おわかりだと思うけど、わたしなんかもう萎《しお》れてしまってます。それに、ほかに愛しているものがありますから」

ウィリング氏は見るに忍びないほど悲しげな顔つきになった。

「ほかに愛してるって？」

「ええ、わたしの家を。あの家以外のことは何も考えられませんの」

「ああ、それなら」ウィリングス氏は得たりとばかりに声を上げた。「あなたのものになりますよ。あの娘を追い出して、代わりにあなたがずっとあの家に住めばいいんです。もちろん私に我慢していただかなければなりませんけど、邪魔にならないように最善を尽くしますから」

＊

そのときの二人はとても魅力的だったらしい。舗道をきびきびと跳びはねていた一羽の小さな雀がふと動きを止め、心から賞賛するように小首をかしげてそちらを見た。

いろいろな思いが浮かんで目がくらみそうだった。ミス・マクスウェルはウィリングス氏を愛していなかった。そう、これっぽっちもだ。とてもびっくりした瞬間でさえ、冷静にはっきりと顔を見ることができた。あと五年くらいで、この人はでぶでぶに太って禿げてしまうだろう。寝ているときにいびきをかくだろう。疲れているときに重い足音を響かせながらやってきて「何か欲しいものはないか」としきりにたずねるだろう。そして、新しい帽子を買い、満足そうな無邪気な笑みを浮かべて与えることだろう。人気のあるレストランを入念に選び、ここはわれわれの席だと言わんばかりにテーブルへ向かうだろう。そのいじらしいばかりの様子まではっきり想像がついた。その一方で、こうも思った。生活は間違いなく楽で裕福になる。もう苦しむことはない。株価が下がるのに気を揉むことも、新しいドレスが買えるかどうか思い悩むこともない。それに、何より家だ。あの家は永遠に自分のものになるのだ。でも、この人がついてくる。この人は家に関心がない。うわべは取り繕っていても、自分の目はごまかせない。それでも、やはり大いに心を動かされるものが……。

「ほんとに、どう言ったらいいでしょう」ミス・マクスウェルは言った。「お世辞はうれしいんですけど、わたしたち、ずっとお友だちでしたよね？　どうしてこうなっちゃうのかしら」

　ウィリングス氏の顔がにわかに曇った。

「ああ、おっしゃることはわかりますけど……私は友人のままでいたくないんです。あなたと結婚したいんですから」

「でも、わたし、愛してなんかいないんです」

「だんだんそうなっていくでしょう」と、ウィリングス氏。「私は確信しています。ずっと辛抱強く待ちます」

これまでどれだけの人々が同じ言葉を発したことだろう。その瞬間、世界中で同じことを言った人間もずいぶんな数に上るかもしれない。

ウィリングス氏を見ていたミス・マクスウェルは、目をそらすとやっとの思いで言った。

「一週間、時間をください。そのあいだは絶対に会わず、手紙を書いたりなんかもしないようにしましょう。来週の同じ時間、雨でも晴れでもここに来てください。そのときにお返事します。答えはどうなっても、あなたの優しいお気持ちは忘れませんわ。とてもありがたいと思います」

ミス・マクスウェルは立ち上がり、ウィリングス氏を残して去った。

*

それからの一週間はミス・マクスウェルにとって最も重大なものとなった。狭い部屋に座り、庭を眺めながら激しく葛藤した。もう二度とプロポーズしてくれる人なんて現れないだろう。そんな確信があった。自分一人で暮らし向きを楽にできる見込みはきわめて薄い。人生は楽ではないし、まして収入が少なくて才能もない中年女だ。ずっともがき続け、いずれ体をこわしてしまうことだろう。この世にたった一人残され、いかに勇敢に立ち向かったところで予期したとおりの辛い幕切れは免れない。その点、あの人は優しい。優しすぎるほどだ。ずっと尻に敷くことができるだろう。言ったことは何でもしてくれる。不機嫌なときは（ときどきとても不機嫌になることがあった）すまなさそうに出ていって何か買ってくるだろう。悪いのは自分のほうなのに向こうが謝ってくれる。いつもそばにいて世話をしてくれる。病気になったら甲斐甲斐しく看病してくれる。外国へ旅行に行き、いろいろな世界を見られるだろう。何より、あの家に住める。そればかりではない。調度などをちゃんと整え、完璧な美しい状態にすることができる。必要に応じて微調整をし、より揺るがないすばらしい家にできる。そして、その中で死ぬのだ。

そう、でも、家にはあの人もいる。ずっと一緒に暮らしても、あの人は家を理解しないだろう。絶対にわからせることはできない。いかに強くあの人を支配したところで、人格はおのずと滲み出てしまう。そのうち、どうしても避けられない瞬間がきっとやってくる。あの人に家から出ていってくれと言ってしまうのだ。でも、唯一の道は一緒に家を出てどこか別のところで暮らすことだと悟るだろう。

*

このささやかな物語を読み進めてきた常識ある読者は、口をそろえて言うだろう。馬鹿げたあり得ない話だと。将来のない中年女がそんな理由で満ち足りた安楽な生活を見限ったりするものか。しかし、ミス・マクスウェルにとっては馬鹿げた話ではなかった。あの家の美しさは世界のあらゆる美の判断基準となるものだった。唯一の判断基準だ。したがって、純粋で汚れのない状態にしておかなければならない。もしそうでなければ、世界の姿が変容してしまう。汚れなきものが存在しなくなってしまうのだ。

本当にたまらない一週間だった。ミス・マクスウェルは窓辺に座り、家を望みながらあれやこれやと苦しい考え事を続けた。ウィリングス氏に会う前の晩、嘘のような出来事が起きた。感じのいい夏の宵で、クロッカス色の半月がほんのりと青い空に優しく上っていた。ミス・マーチに会いに行こう——ミス・マクスウェルはだしぬけにそう決断した。玄関のベルを鳴らし、興奮に身震いしながら待った。馬のような顔の女召使が扉を開けた。ミス・マーチは外出していると言う。屋根裏部屋に小さな箱を置き忘れたから、ちょっと上がって探させてもらえないか——ミス・マクスウェルがそう頼むと、召使はややためらってから許可を与えた。さまざまな部屋を通って進む。部屋にはふんだんに月光が差しこんでいた。ミス・マクスウェルは月の光に照らされた部屋を見るのがいちばん好きだった。進むにつれ、家全体が抗議の叫び声を上げた。醜いものがあちこちに置かれていた。けばけばしい黄色い表紙のぞっとするような最近の小説が見える。ダイニング・ルームには、ひどい食事の食べ残しが片付けもせずに残っていた。青い壁の小ぎれいな客間には吐き気を催すようなペキニーズがおり、足を踏み入れると子供みたいに哀れっぽく泣いた。さらに、寝室はまったくひどい状態だった。馬面の召使もこれには思うところがあったらしい。ミス・マーチは年中動きっぱなしで、夜通しダンスに興じ、昼は昼で客人をもてなし、よくあれで平然としていられるものだとあきれたように言った。屋根裏の小さな部屋は荒れ果てていた。ここ何カ月間、誰も手を触れなかったらしい。ほこりまみれで完全に見捨てられていた。ミス・マクスウェルは小窓から外を覗いた。月、うっすらと緑がかった夜空、暗い庭から古い友人のように手を伸ばす樹木。窓から身を乗り出してそんな光景を眺めていると、すべてを忘れた。木製の窓枠に両手を押しつける。悔恨の涙があふれた。そのとき、召使の声が聞こえた。

「ミス・マーチはもうここに長くはおられませんよ」召使は言った。「借家契約を途中で解消しようと考えてます。そう言ってましたから。この家は向いていないようですね。どの友人もずいぶん遠いところに住んでますし。まあ無理もないかと」

召使は鼻を鳴らして言葉を切った。

ミス・マクスウェルは振り向いた。喜びで胸が高鳴っていた。

「あの人にとっても縁遠いでしょう、この家は」ミス・マクスウェルは勝ち誇ったように言った。「全然あの人向きの家じゃないんです。値打ちを理解できないんですから」

召使は堅い表情のまま哀れみをこめてミス・マクスウェルを見た。

「たぶん、そうでしょう」返事はそれだけだった。

階段を下りるにつれ、家が周りに集まってくるように感じられてきた。誰かが肩に手を置き、小声で耳に囁いたかのようだった。「戻ってきてうれしいよ。もうあなた以外の人間はいらない」

翌日の午後、ミス・マクスウェルはウィリングス氏の申し出を断った。

ルビー色のグラス

The Ruby Glass

かわいそうないとこのジェーン（その存在はずいぶんあとになってから知られるようになった）がポルチェスターのコール家に到着したのは、ジェレミーが八歳の春のことだった。どんな日だったか正確に覚えている。その日の午後、ジェレミーは母への和解の贈り物としてラッパズイセンの花束を買ったからだ。贈り物はどうあっても必要だった。ジェレミーと飼い犬のハムレットは、最近繰り返し面目を失っていた。

その週の火曜日、ジェレミーは癇癪を起こして姉のメアリーにインクを投げつけた。水曜日にはクリケットの球で浴室の窓を割った。木曜日は家庭教師のジョーンズさんを侮辱した。あんまりひどかったのでジョーンズさんはやめると言い出し、どうにか思いとどまらせるのにずいぶん苦労した。

たぶん春のせいだろう。ことにジェレミーはちょうど学校に上がるときだった。これが真相に違いない。

ハムレットも失敗続きだった。火曜日、ディーン家の奥さんが家にやってきた瞬間、客間に二本の汚らしい骨を運んできた。水曜日は廊下の暗がりから飛び出してコール夫人の肝を潰した。木曜日にはダイニング・ルームのカーペットに粗相をしてしまった。

というような不首尾があり、どちらも叱られた。実際のところ、とても厄介な状態だった。そんなわけでジェレミーはラッパズイセンを買い、疫病神が自分から離れてくれることを痛切に祈っていたのだった。

ジェレミーは面目を失することが嫌いだった。大人の考えていることはよくわからなかったけれども、騒ぎを起こすのは好きじゃなかった。何よりハムレットのことをいろいろ言われるのは耐え難かった。「この犬、追い出してしまわなきゃ。もう我慢できないぞ」

こういう危うい綱渡り状態のときに、いとこのジェーンがやってきた。

コール家の人々は、ジェーンをキリスト教徒らしく受け入れる作業をただちに始めた。最初のうち、その存在はみじめな半端物にすぎなかった。玄関ホールに立ったジェーンは何枚もの肩掛けに覆われ、まったく全貌を表していなかった。

ツンと尖った真っ赤な小ぶりの鼻（赤くなっていたのは四月の陽気のせいだが）、妙な斑《ふ》の入った瞳、薄茶色の眉、目にとまったのはそれだけだった。

おもむろに肩掛けを脱ぐと、現れ出でたのは痩せこけた小柄な少女だった。髪をだらしなくリボンで留め、細い脚にしわしわの黒いストッキングを履いていた。

ジェレミー、メアリー、ヘレン、この三人がジェーンを見たとき、まずもって感じたのは少女の恐怖だった。ジェーンは怖がって顫えていた。初めて檻に入れられた動物みたいに部屋のあちこちへ目をやる。ドリマスの家から連れてきた叔母が去ると、ジェーンはわっと泣きはじめた。

コール家の人々は不親切ではなかった。ジェレミーの父であるコール神父は、そうせねばいけないと思うときには折にふれて毅然たる態度をとるけれども、コール夫人は母性愛にあふれており、こんな心映えのいいご婦人はまたといないと思われるほどだった。

三人の子供たちも、たいていの子供と同じく、本人としては優しいつもりだった。教化の途上にある健康な野蛮人といったところである。

なかでもメアリーは情にもろく感傷的なたちで、女の子の友達を欲しがっており、いとこのジェーンがそうなってくれればいいなと楽しい空想を描いていた。

この物語の奇妙なところは、最初からジェーンを気に入った唯一の存在がハムレットだということだった。この犬は小さい女の子が嫌いで、怖い人が近くにいないと脚にかみついたりしていたから、実に奇妙な成り行きだった。

ジェレミーは初めからいとこのジェーンを快く思わなかった。これはいかんともしがたい。ジェレミーは困っているご婦人を見ると心を動かされるほうで、礼儀正しく、しばしば騎士道精神も発揮する思いやりのある少年だった。しかし、ジェーンはどうにも我慢ができなかった。

怖がっているジェーンにはなんとなく不愉快なものを感じた。あんまり心底怖がっているから、同情する余地が生まれなかったのだ。まだ年端のいかない子供、誰だってそのような臆病者や愚か者になることもあるということを理解できなかった。

姉のメアリーもしばしば臆病者や愚か者になる。でも、勇気を奮ってそういった弱いところを克服しようとする。これならジェレミーにもわかる。自分だって弱いところはあるのだから。

だが、ジェーンはそういう試みをいっさいしなかった。ただ怯えているばかりだった。ジェーンはコール氏、コール夫人、ジェレミー、メアリー、ヘレン、ジョーンズさん、料理人、メイドをすべて恐れた。そして、ハムレットをことのほか怖がっていた。

誰かが話しかけると、ジェーンはひと言も発さずにギクリとし、恐怖の瞬きをする。そして、まっすぐ隅っこへ行って椅子に座り、攻撃に備えるのだ。

いちばん奇妙なのは、ハムレットがジェーンになついたことだった。コール家に到着したジェーンがみんなの中で泣きながら立ちつくしていたとき、ハムレットは黒いストッキングの匂いを嗅いでいた。尖ったあごを柔順に前足のあいだに収め、ジェーンが何か命じるのを待っていた。むろん命令はなかった。それでもお構いなしに、犬は一心に我が身を捧げていた。

さて、ジェーンが到着した瞬間からジェレミーはこう感じていた。おかげで何か恐ろしいことが起きるのではないかと。八つの男の子の考えだから曖昧な感情だった。あるいはジェーンが嫌いなことを後ろめたく思う気持ちが働いていたかもしれない。

ジェーンが滞在するようになった初日の午後はどしゃ降りだった。子供たちは勉強部屋に座ってゲームをやろうとした。だが、いとこのジェーンは一人だけ暗くなっていた。

「そうだ！」ジェレミーが言った。「バッファローをやろうよ。ぼくがバッファローをやる。ジェーンはインディアンにつかまってる。メアリーとハムレットが助けに行くんだ」

ジェーンの瞳が恐怖で張り裂けそうになった。

「バッファローは好きじゃないの？ ジェーン」メアリーがなだめるように問うた。母親がやってきて具合はどうかとたずねるような口調だった。

「いやいや、絶対いや！」ジェーンは声を上げた。

「じゃあ、飛び将棋《ハルマ》がある」ジェレミーはうんざりして言った。

でも、ジェーンはルールをまったく知らなかった。勉強部屋のテーブルに座っても、じっと前を見据えているばかりだった。

「メアリーが一緒にやるよ。そしたら、駒の動かし方がわかるから」

無駄だった。ジェーンはあえぎながら不器用に囁いただけだった。たぶんこう言ったのだろう——おうちへ帰りたいのに、誰も帰してくれると言ってくれない。

「メアリーがお話をしてくれるよ」ジェレミーはどうにか紳士の顔を取り繕って言った。暖炉の周りに陣取るや、メアリーはすぐさま語りはじめた。姉はお話をするのが大好きだったから、誰かが止めなければすぐ始めてしまうのだ。

「むかしむかし、あるところに、王様がおりました。王様には三人のかわいい娘がいました。一人は黒髪、一人は黄色、もう一人はその中間でした。ある日、王様が……」

ここでジェーンが妨害した。椅子からそっと立ち上がり、泣きながら窓辺の腰掛けのほうへ行ってしまったのだ。めそめそしながら外の雨を眺めている。どんな童話作家も蒙《こうむ》らなかった辱めだった。

泣いているいとこを見たジェレミーは、何か災難が降りかかってきそうな気がした。それは日増しに募った。ジェレミーは性悪な子供ではまったくなかった。考えることはいたって健康で、幻覚のたぐいはめったに見なかった。だが、いまはこんな感覚を抱くようになっていた。角を曲がったところで「世界」が待ち受けていて、自分を捕まえようとしている。チーズを盗み食いしたりタフィーを食べ過ぎたりしたあと、ジェレミーは悪夢を見た。一歩間違うと命を失ってしまうような夢だ。

まったくの絵空事ではなかった。そのうち面目が丸つぶれになるような出来事が起きるだろう。その媒《なかだち》となるのは、いとこのジェーンだ。ジェレミーはよくわかっていた。ひしひしと危険を感じた。

ある朝、ジェレミーは目覚めてほどなく感じた。今日が厄日であると。厄日、普通日、歓喜日といった日は、そう悟った瞬間からもう始まってしまうものだ。

その日の出だしは最悪だった。まず、ハムレットが来なかった。いつもは八時半に料理人が台所のバスケットから解放する。あごなどの毛並みを整えられたハムレットは、いっさんに階段を上り、ジェレミーの部屋の扉を前足で引っかく。ジェレミーは中に入れて遊びはじめる。

だが、その日の扉は静かだった。ジェレミーは何が起きたかすぐに察した。ハムレットはジェーンの部屋の扉を引っかいていたのだ。犬はあの少女に何を感じたのだろう。どうして皮肉屋の心は穏やかになってしまったのだろうか。

ジェレミーが見たところ、ジェーンには犬を引きつける魅力などまるでなかった。ジェーンは犬が好きじゃなかった。近寄ると決まって悲鳴を上げた。

沽券《こけん》にかかわるから認めたくはなかったが、ジェレミーは嫉妬で引き裂かれる思いだった。

朝食に下りると、物事は束の間の好転を見せた。

「ねえ、どう思う？　かわいこちゃんたち」コール夫人が声を上げた。夫人は子供たちを溺愛していたから、メアリーとジェレミーが「かわいこちゃん」と呼ばれるのをどんなに嫌がっているか気づいていなかった。「ウィリンクさんが金曜日にお茶はどうかって」

ミス・ウィリンクは生活を楽しんでいるご婦人だった。ポルチェスターから五マイル離れたところに住んでいる老嬢で、この上なくすばらしい庭に囲まれて暮らしている。家も広くて堂々たるものなのだが、ジェレミーが思い浮かべるのは庭だけだった。

眼目の庭には、芝生、ロックガーデン、池、テラス、植え込み、温室、丈の高い樹木などが備わっていた。加えて、ミス・ウィリンクは子供が何を求めているか理解していた。例えば、食べ物、自由、友愛といったものである。とても楽しい老嬢だった。

「やった、すごいや！」ジェレミーは声を上げた。今日が厄日だと思ったのは間違いかもしれない。しかし、決して間違ってはいなかった。

「いいか、ジェレミー」父が言った。その朝、父は神経痛が出ていた。「今週のおまえはどうなってるのかわからん。次から次へと失敗をやらかすじゃないか。ちゃんとしてないと、おまえだけウィリンクさんのとこへ連れて行かないぞ」

ジェレミーは絶対にちゃんとしていようと思った。そして、ふと思い当たった。いとこのジェーンに優しくすれば悪運は去るだろう。その朝二人は散歩に出かけることになっていた。とても感じのいい春の朝だった。ガレオン船めいた雲、明るい陽光、スミレ畑のように広がる空、囀《さえず》りながら飛ぶ鳥たち。

ジェレミーはジェーンを秘密の場所に連れていこうと思った。コマーの森の一角ではラッパズイセンがびっしりと咲いている。陰のある金色のお盆のようになっている場所だ。

ジェレミーは微笑みながら水を向けた。だが、ジェーンは首を横に振った。二人はいま勉強部屋にいて、ハムレットがうっとりした目で少女を見つめている。いもしない蠅に芝居がかったしぐさで嚙みつくことは頻繁にあっても、犬の思いが崇拝する者に向けられていることは明らかだった。

ジェレミーはとても苛立たしい気分になった。長くてつやのない髪を引っ張ってやろうかと思ったほどだ。でも、悪運のことを思い出してぐっとこらえた。

「どこへも行きたくないの?」むっとした声を上げる。「きみ、何もしたくないの?」

ジェーンの上唇が顫えた。

「ラッパズイセンは好きじゃないの」思いも寄らぬことを言う。

「ラッパズイセンが好きじゃないって? じゃあ、何が好きなんだよ。ここへ来てからずっと、何かを好きになったことなんてないじゃないか。みんなできるだけ優しくしてるのに。きみ、この家が好きじゃないの?」

これを聞いて、ジェーンはわっと泣きはじめた。まさにその瞬間、コール夫人が入ってきた。

「まあ、ジェレミー。ジェーンに何をしたの? いい子いい子、いったいどうしたの? 大丈夫よ。一緒においでなさい。かわいいものを見せてあげますから。ジェレミー、最近どうしたのかしらねえ。ずっと悪さのしっぱなしじゃないの。お父さんはとっても怒ってるわよ。ウィリンクさんのことでどう言われたか思い出してごらんなさい。さあ行きましょう。ほらほら、涙をふいて。一階でいいものを見せてあげますからね」

ハムレットはヒロインについて行こうとした。ジェレミーはどうにかそれを妨げた。

「いったいどうしちゃったんだよ」犬にたずねる。「おまえがジェーンを好きになるはずがないんだ。小さい女の子は嫌いだったじゃないか。おまけに最悪のやつだぞ。それに、ジェーンはおまえを嫌ってるんだ」

ハムレットはまるで馬耳東風だった。この犬、へそを曲げると犬らしくない手管を繰り出す。目を半分閉じ、口をあごの毛に埋め、プイと横を向いてだるそうにあくびをするのだ。まったく無礼なしぐさだった。

「さあ、来いよ」ジェレミーは言った。「一緒に外で遊ぼう」

だが、ハムレットは拒絶した。どうしても出て行こうとはしなかった。身じろぎもしない。足に根が生えたようにその場に座り、ぐっと首を曲げて主人から顔を背けていた。首輪を持って引きずろうとしたが、前足はカーペットに張りついているみたいだった。それでも、怒りに息を弾ませながら廊下まで引っ張っていった。そして、ドンと父にぶつかった。

「おい、ジェレミー」神経痛の具合が芳しくない父は声を上げた。「ちゃんとよく見て歩け。それに、犬に何をやってるんだ」

「べつに何もしてないよ」そう言うと、ジェレミーは一階へ駆け下りてしまった。犬も父も、すべてをほうり出して。

「なんて態度だ」コール氏は悲しく思った。「態度は悪いし短気だし。あいつは早く学校へ行かなきゃ」

昼食の時間、またしても災いが降りかかってきた。

その日はちょうどコールドビーフの日だった。コールドビーフに皮つきのジャガイモというメニューである。ジェレミーは冷たい脂身が大嫌いだった。どうやらジェーンもそうらしい。目に涙を浮かべ、懇願するようにコール夫人を見た。

「ママが言ってたの。調子が悪いとき、脂身は食べなくていいって」ジェーンはそう言った。

「あたし、いま調子が悪いの」

「まあそう、わかったわ」コール夫人は微笑みながら優しく言った。ほどなく、夫人は快活に言った。「食べなさい、ジェレミー。いつも言ってるからわかってるでしょ。いずれ嫌いじゃなくなるって」

この不公平には耐えられなかった。

「ジェーンは食べなくていいの?」ジェレミーは言った。

「ジェレミー!」

「ねえ、お父さん、ジェーンは……」

「ジェレミー!」

「だって、お父さん……」

結局、ジェレミーはコールドビーフを食べた。心底まずかった。はねを飛び散らせながらコップ一杯の水を飲み、どうにか呑みこんだ。視線はほっそりしたすばらしいルビー色のグラスに注がれていた。向こう側の小さなテーブルの中央に立っている。コール家はこのグラスを誇りにしていた。

子供たちはボヘミアンガラスだと教えられていた。金色の縁取り模様が繊細に施されており、深い紅色のグラスに光彩を添えている。ジェレミーは、あのグラスが自分を見て嗤《わら》っているように感じた。

昼食後も気分はどうにも晴れなかった。ハムレットはどこにも見当たらない。姉たちですら遠ざかってしまったようだ。ジェーン憎しの思いはさらに募った。こんな感情はほかの誰にも抱いたことがなかった。

ジェーンをいたぶってやりたかった。脚にピンを刺したり、腕をねじり上げたり、悲鳴を上げるまで髪の毛を引っ張ったりしてやりたかった。

とかくするうちに時間が経った。ジェレミーは大詰めが近づきつつあるのを感じた。

お茶の時間、自分はそのつもりなどなかったのにジェレミーはわっと泣きだした。誰からも顧みられず、永遠の呪いがかかっていると思いこんだ無力な子供が泣くときの気持ちは大人にはわからないものだ。

寝るときまでに災厄が起きなければ奇跡だろう。時計でさえこう語りかけているような気がした。「お・し・ま・い・だ・よ・ぼ・う・や」「お・し・ま・い・だ・よ・ぼ・う・や」実のところは、丸い顔をした強情そうな時計ほど心強いものはなかった。

かくして、内なる嵐は鎮まった。

週に一回か二回、寝る前に半時間、夫人が子供たちに本を読むのはコール家の楽しい習慣だった。今夜はダイニング・ルームで行われることになっていた。暖炉の火があって暖かいからだ。本はシャーロット・メアリー・ヤング（一八二三—一九〇一。歴史児童文学で知られる英国の作家）の『真珠の首飾り』だった。

子供たち——ハムレット、メアリー、ヘレン、ジェレミー、そしてジェーン——は火のはたに集まって待っていた。ハムレットは毛がぐちゃぐちゃになった脚をなめたり、舌を休めて匂いを嗅いだりしていた。ジェーンが少しばかり活発さを見せた。調子の外れたヴァイオリンみたいな細い声でこう言ったのだ。

「おうちにはここよりすてきなものがあるわ、メアリー」

「まあ、そんなことないわよ」何であれ家のことは誇りに思っているメアリーは答えた。

「だって、そうなんですもの」

「そんなことないってば」

「おうちにはあるの。おじぎをする中国人がついた時計でしょ。このお部屋と同じくらい大きい絵でしょ。虎の頭がついた敷物でしょ。それから……」

「あれにはかなわないわ」メガネをまっすぐに直し、メアリーはゆっくりと言った。「ほら、すてきなルビー色のグラスでしょ」

「まあ、おうちにはもっとすてきなものがあるわよ」ジェーンは答えた。それでも魅きつけられた様子だった。深い色合いのグラス、繊細な金色の縁飾り、その上で暖炉の火あかりが踊っている。ジェーンはテーブルのほうへ行き、グラスを取り上げた。

「そんなことしちゃだめよ！」メアリーが声を上げた。

ジェーンはドアが開く音を聞いた。そして、思わずぎょっとしてグラスを落としてしまった。グラスは足元に落ちてこなごなになった。物語なら「千々《ちぢ》に砕けた」とでも描写するところだ。

コール夫人が入ってきた。苦悶に満ちた叫び声が上がる。

「まあ、グラスが！　わたしのグラスが！」

そのとき、ジェレミーは二度と経験することのない恐怖を味わった。後年の世界大戦のおりも、こんな恐怖を味わうことはなかった。

ジェーンは「凍りついて」いた。もっとも、この言葉だけではとても言いつくせない。顔は灰色に蒼ざめ、全身が恐怖でぶるぶる顫えていた。悪魔でも見たかのようだった。

その苦悶ぶりを見たジェレミーは、何か吐き気を催すような不快感を覚えた。おぞましくて見苦しいものに接したと思った。八つの少年なりにこう理解した。この世のものではない、境界の向こうからやってきた恐ろしいものがここにいる。

ひざをついていたコール夫人が顔を上げた。

「いったい誰が……」そう切り出す。

「ぼくだよ」ジェレミーが言った。

「絶対触っちゃ駄目だって言ったでしょ」

ジェレミーはむっとして目を見開いた。ほかの子供たちはひと言もしゃべらない。ジェレミーと同様、メアリーとヘレンもわかっていた。いかに嫌いでもジェーンは守ってやらなければならないのだ。そのときドアが開き、コール氏が入ってきた。

「やあ、みんな……」と言いかけたコール氏は、何が起きたかその目で見た。

「グラスが……誰が触ったんだ?」

「ぼくだよ」ジェレミーは答えた。

生まれて初めて、ジェレミーは寝室に鍵を掛けて閉じこめられた。夕食は抜き、今回はミス・ウィリンクの庭にも連れていかないと申し渡された。

ジェレミーは体をバタバタさせて泣き崩れた。すべてに失望し、世界に見放され、たった一人取り残されたような気分だった。なぜあんなことを言ってしまったのだろう。理由はわからなかった。ジェーンは大嫌いなのに。あいつが恥をかくのを見るのは楽しいだろうに。でも、もしまた同じことが起きても、同じふるまいをすることだろう。

ジェレミーは社会の除け者となっていた(そんな言葉は知らなかったが)。もう二度と友愛と親切に満ちた陽の当たる世界には戻れない。

まったくたまらなかった。ジェレミーは化粧テーブルの前に座った。怒りと惨めな気分がにわかに高まる。最悪なのは――ほんとにこれ以上悪いことなんてない――ハムレットに見捨てられたことだった。あの犬は自分のもとを離れて乗り換えたのだ。醜くて馬鹿で貧弱で小柄な……。

そのとき、音が聞こえた。むせび泣きをこらえ、頭を上げて聞き耳を立てる。ドアを引っかく音だった。空耳だろうか。ジェレミーは部屋の向こう側へ行った。いや、空耳ではない。引っかく音はなおも続いていた。ドアに体を押しつけ、ジェレミーは囁いた。

「ハムレット、ハムレット、おまえか？」

感情を表すかのように、引っかく音が激しくなった。もう疑いない。引っかく音の合間に匂いを嗅ぐ音が交じった。仲間だよ、ご主人様に忠実だよ、君のことはわかってるよ、そう告げているかのようだった。

「ハムレット、ぼく、出られないんだ。鍵を掛けられちゃったんだよ」

鈍い音が幽かに聞こえた。ハムレットがお座りをしたのだ。どんな力も権威も、もう犬を動かすことはできないだろう。

ジェレミーは微笑んだ。呪いも悪い予感も不意に消え去った。きびすを返し、ベッドのそばのテーブルに歩み寄る。紙と鉛筆が見つかった。ジェレミーは眉根を寄せ、ちびた鉛筆をなめなめ、いとこのジェーンの絵を描きはじめた。それは、魔女の絵だった。

トーランド家の長老

The Oldest Talland

コンバー夫人はミス・ソルターに言った。コーンウォール（イングランド南西端の州）に住んでもう何年にもなるけれども、ここレイフェルに滞在して、この地方のありがたみが心底わかるようになってきたと。

「まあ、学校は学校で変わりがないし、ちょっと審美眼を鈍らせるところがなくもないんですけどね。子供たちを清潔にさせておかなきゃならないし、羊の肉の注文を出したりしなきゃいけないし。寮母さんはほんとに有能な人なんですよ。マールバラの出身で、一学期だけそこで勤めたんですけどもう耐えられなくなって。なぜって……まあ、本筋から外れてるわね。とにかく、お休みの日にいろいろ見物しないと。学校があるときはそんなに時間もとれませんからね」

ここ五日間、レイフェルはずっと雨で、常にも増して美しかった。いまはすっかり上がり、水たまりで覆われている。つい先日までどんよりとした灰色の空だったのに、こんなに燦々と陽がふりそそいでいるのは信じがたいほどだった。コンバー夫人が初めてレイフェルを眺めたのは、高台にある海望荘からだった。そこから見ると、町は丘のあいだにごちゃごちゃと詰めこまれていた。正方形の小さな港では、舟が列をなして浮かんでいる。晴れた日にそんな光景を眺めると、町は海から青、丘から緑を得て、陽光の照り返すスレート屋根や舗石を包みこんでいるように見えた。町は一瞬ごとに海から何かを感じ取っている――ささやかだけど感じのいい何かを。高みからはそう見えた。

町の中心部はずいぶん趣が違った。丸い小石を敷きつめた通りを歩むとき、コンバー夫人はひと足ごとに感嘆の声を上げた。旅するものをまずいざなうのは、ややみすぼらしいまっすぐな通りだ。これはコーンウォールのほかの通りとさほどの違いはない。小体《こてい》な店が申し訳程度にあり、サフランの甘パンやリンゴやペパーミントキャンディはいかがとおなかをすかせた旅行客を誘う。不精な住人のために靴紐、ボタン、ピンなども売られていた。さらに、メソジスト派の教会もあった。

だが、町がしだいに寂れて郵便局で尽きると、その瞬間からだしぬけに意を決したかのように風景が変わる。水も煉瓦屋根も自然も、信じがたいほど美しかった。三つの細い通りが海へと踊るように消えていく。脇道には不揃いな家並みが続き、緑色に塗られた玄関扉へ外階段がいざなう。扉だけ宙に浮いているかのようだ。丸い小石を敷きつめた道からは、神秘的な暗い窪みや、壊れたり張り出したりしている窓が見える。三つの狭い通りを横切って小川が流れている。何の役にも立っていないような川だが、おかげでバルコニーを高いところに張り出さざるをえなくなった家が増え、水面《みなも》に青や緑の扉や戸の色が映り、景色には貢献していた。通りも川も、すぐさま小さな港に引き寄せられる。正方形の港では青い水がきらめいていた。帆柱を茶色や青に塗った船が革紐でつながれた猟犬のように並んでいる。灰色の石造りの埠頭が船を外海《そとうみ》から護っていた。

町全体がこの青い正方形を飾っていた。同時に、町の影が正方形の中に映る。空も丘も描かれたもののようだった。どこを見ても美しく、情感にあふれている。石の堤防の向こうは大西洋だった。港に出入りするときは、ピークと呼ばれる鋭く尖った岩が関門めいたものとなる。こういった景色は五分も歩けば見て回ることができた。奇妙で意外性に富み邪気の感じられない風景は、昔の名残を十分にとどめていた。このあたりの海は英国の海岸地方のどこよりも荒い。張り合えるとすればランズエンド（コーンウォール南西端部の岬）くらいだろう。サフランの甘パンとボタンとペパーミントキャンディは、しばしばもろともに押し流される危険に晒された。

とにかく、正方形の小さな港の水面には、空と地の有するすべての雰囲気が映し出されていた。

最初にその光景を見たとき、コンバー夫人は両の腕《かいな》で熱烈に抱きしめてあげたいと思った。その熱狂ぶりは決まって純粋な気持ちから発せられるものだった。夫人はともに分かち合える人間がいることを好んでいたけれども、鑑賞の押しつけをすることはなかった。

感じのいい三つの通りの一つを、夫人はほとんど占領するかのようだった。興奮で赤らんだ頬、頭からずり落ちそうに見える黒い安全帽、やや薄くなりかけた髪、緑色のスカート、薄い正方形のつま先がわずかに覗く靴、人のよさそうな大きな口、黒い瞳はいつも笑っているように見えた。

健康は申し分なく、上機嫌で顔の血色もいい夫人は、腕を力強く振って通りの両側を押し返すように歩いていた。

町の住人は夫人を見ていた。ほかの旅行客に対するのと同じく、敵意のない無関心を装っていた。しかし、ひとたびお金が出そうな気配があれば、それはたちどころに親切に変貌する。レイフェルの人々はべつに報酬を目当てにしてはいないのだが、たいてい年に四十ポンドくらい稼いで家計の足しにしていた。個人的な満足を得た旅行客は、しばしば馬鹿にならない額のチップを差し出すことがあったからだ。もう一つ、人々が親しげにふるまう理由があった。レイフェルの人は七マイル離れたセントトライストより先の開けたところまで行った経験のない者が大半で、汽車すら見たことがない。旅行客との会話は、ためになる興味深いものだった。

とは言うものの、これは容易に理解されるところだが、親密な関係が生まれるわけではなかった。

こういった事情に関して、コンバー夫人はまるで無知だった。校長の妻というものは、長年暮らしても往々にしてコーンウォールについて何ひとつ知ることがない。学校には常にありとあらゆる生活環境の生徒が集まってくるから、風土が見えづらくなる。おかげで、コーンウォールという土地それ自体が考慮の対象となったのは今回が初めてだった。心から賛美できるものに触れた喜びでいっぱいになったコンバー夫人は、レイフェルの住人をまるごと受け入れることに決めた。

夫人はぱっとしないペンションに泊まっていた。夫は終日ゴルフコースへ出かけている。なすべきは土地とそこに住む人々を知ることというわけだ。まったく、この土地の人々ほど魅力ある存在がいるだろうか。すぐさま「こんにちは」と挨拶し、嬉しそうに微笑み、陽の当たるささやかな戸口で愛想よくおしゃべりをする。陽はふりそそぎ、小石は輝き、空はどこまでも青い。そんな光景のなか、コンバー夫人は老いた漁師や老婆たちに一人ずつ投げキッスをしながら歩いた。

だが、ここで夫人は楽しからぬことをやってしまった。景色に我を忘れるあまり、薄汚い小柄な少女を四角いつま先の靴で踏みつけて倒してしまったのだ。夫人は悲鳴を上げて抱き起こし、汚い口にキスをした。そして、弁解したあと、少女の家まで送り届けた。

何の因果か、少女はトーランド家の娘だった。

トーランド家とトレスニン家はレイフェルを二分していた。トーランド一族の最初の者があるピークに立ち、別のピークにいたトレスニン一族に岩を投げつけた伝説の日以来、両家は町の二大勢力として互いに張り合ってきた。

表向きの関係は友好的だった。ここレイフェルでは、悪い気質はほとんど見られない。しかしながら、両家のあいだに何世紀も婚姻関係は持たれず、対立関係は絶え間なく続いていた。決して水に流されることはなく、立ち消えになることもない対立だった。

現在のトーランド家を統べる長《おさ》は齢《よわい》何歳とも知れぬ老婆だった。あまりにも年を取っており、レイフェルで二番目の年寄り（もう九十歳を超えていたが）など子供みたいなものだった。誰も正確な歳を知らず、その幼少のころなど想像がつかなかった。このまま永遠に生き続けてしまいそうだ。外見はと言うと、顔で確認できるのは尖った鼻とあご、それに鋭い双眸だけだった。鼻とあごは接近しており、双眸は輝いている。暗くて天井の低いキッチンの闇から燃えるような瞳が覗く。クッションに囲まれた暖炉のそばの片隅から老婆は世界を見ていた。そして、トレスニン家を呪っていた。

トーランド家の拠点は丘をちょっと上ったところにあった。郵便局の裏手に聳える曲がりくねった不安定な家である。家は丘に片足を掛け、郵便局や港を見下ろし、流し目を送ったり忍び笑いを漏らしたりしているかのようだった。風が吹くたびに崩壊してしまいそうな佇まいだ。トーランド一族はこの場所に居を構えて久しかった。トレスニン一族の根城より高いところに位置しているという利点がある。もっともトレスニン家のほうは、誰がトーランド家に出入りするか窓からすべてチェックすることができた。

トーランド老夫人は、最も邪悪で忍耐強い蜘蛛のようにこの家の暗い片隅に座っていた。何年も何年も座り続けていた。

ずいぶん前、たぶん十年か十五年くらい昔のこと、老婆の喉に異常が生じ、声を発することができなくなった。

当初、一族はこの事態を心から歓迎すべきものと受け取った。分家筋の若い衆のなかには、これを機に老婆の支配に終止符が打たれるべきだと示唆する者もあった。だが、青年の考えは浅かった。不測の事態があったあと、トーランド老夫人の力はさらに強まったのだ。もうしゃべれなくなったけれども、常に炯々と光っているまなざしは以前の力を倍加させた。老夫人は前には欠けていたある種の神秘的な輝きをまとうようになったのである。体を洗ったり食事を作ったりしている表情の変わらない末娘——六十がらみの老嬢——を別格とすれば、一族の者はあの目で睨まれると身震いをした。レイフェルでいちばんのならず者である長子も、老夫人のまなざしに遭うと怯《ひる》んだ。かくして長老の支配は続いた。トレスニン家の者は、トーランド家から石が届くところにはあえて近づこうとはしなかった。

トーランド老夫人がいつも考えているのは、トレスニン家のことだった。若いころ、と言ってもあまりにも古い話だから知っているのは老夫人だけだが、風の吹きすさぶ丘でペリス老婆が行った奇妙な見世物に参加したことがあった。その見世物には、ホウキの柄、蠟人形、火、髑髏《どくろ》、路傍の妙な草といったものが関係していた。

そのとき学んだことを老夫人は何一つ忘れてはいなかった。炉辺で老夫人は考える。いざと言うときにトレスニンの連中にやってやることはわかっていた。だが、実際に助力者を得てあの力を召喚してから、いまやずいぶん時が流れていた。蔑みをこめて老夫人は内心考える。必要な手助けがあればトレスニン一族などひとたまりもないのだ。

老夫人は怒りをこめた固い決意をしていた。自分は断固として自由でいる、この世でもあの世でもいかなる助力も受けないと。牧師、見舞い客、医者といった余計な世話を焼く連中が、どうしても会いたいと折にふれてやってくる。老夫人はみんな追い返した。睨みつけると、連中はすぐさま退散した。

老いの一徹がひとたび誰かに屈服すれば、老夫人の力は消え去り、トレスニン一族は凱歌を奏することだろう。

自分の城に立て籠もり、老夫人は世界を遠ざけていた。そんなとき、コンバー夫人が突然姿を現した。和睦あるのみという風情で騒々しくキッチンに入ってきたのである。

トレスニン家の面々は、夫人が入っていくのを窓からチェックしていた。

コンバー夫人は戸口に立った。笑みを浮かべ、トーランド家でいちばん若い少女の手をぎゅっと握りしめている。ほかのトーランド一族は炉辺にこじんまりとした一団をつくっていた。ごちゃごちゃとクッションが集まるなかに、ひざに置いた手をわずかに顫わせ、瞳を炯々と光らせている者がいた。それがトーランド家の長老だった。その椅子の後ろには、痩せこけたジャネット・トーランドが立っていた。母の体を洗ったり食事を与えたりするのが役目だ。

もろもろの理由で、部屋はとても狭苦しかった。通りに面した扉はたいてい閉まっており、小さな菱型の窓が開かれることはなかった。魚、しおれたゼラニウム、サフランの甘パン、タバコの臭いで部屋の空気は澱んでいた。

コンバー夫人はジャネット・トーランドに自己紹介した。

「そんなつもりなんてさらさらなかったんですけど、あたし、ほんとに馬鹿で。いえ、不注意だったと言うべきでしょうね。とにかく、お宅のちっちゃな女の子を踏んづけてしまったんです。みなさん、こちらのお子さんだとおっしゃるものですから。で、どうしてこんなことになっちゃったかと言いますとね、こちらの町があんまり美しくてうっとりしてて、どこを歩いてるんだかほんとにわからなくて。つまらない錯覚をしちゃって、ほんとにもう……」夫人は言葉を切り、トーランド家の少女の頭を軽く叩いた。「お嬢ちゃん、どこもケガはしてないよね？　この子、最初はちょっと泣いちゃったんですけど、そりゃまあ突然倒されたんですから怖がるのも無理はなくて……」

トーランド家の根城に風変わりな旅行客が入ってくることはあった。しかし、こんな客はいまだかつてなかった。コンバー夫人は顔を真っ赤にして熱っぽくまくし立てた。おかげでトーランド一族はひと言も口を挟めないでいた。椅子に座ったトーランド老夫人はやや前に身を乗り出し、ひざの上でしわしわの指をカタカタ鳴らしていた。

「アニー、こっちへ来なさい」ジャネット・トーランドが言った。「あんた、こちらさんの通る道で何やってたの？」

しっかりと手をつないでいたコンバー夫人から逃れると、足を引きずり引きずり、アニーは哀れっぽく泣きながら歩いていった。

「お願いが……」コンバー夫人はそう言いかけて言葉を切った。ちょっとうろたえたのだ。トーランド一族は通りに面した表戸からだしぬけに全員姿を消してしまった。老夫人と表情の変わらないその娘だけが残っていた。「ねえ、お願いですから」コンバー夫人はさらに快活な口調で続けた。「かわいそうなアニーを叱らないでやってください。アニーはちっとも悪くないんです。あたしが前を注意していれば……」

そのとき、コンバー夫人はトーランド老夫人に気づいた。外から来た者から見ると、老婆は慈愛を施されるのを待ち受けているこの上なくよるべない存在に感じられた。「まあ」コンバー夫人はすぐさまこう考えた。「よくしてあげなきゃいけないおばあさんがいるわ。あたし、こういう機会をずっと待っていたのよ」

「ちょっとだけ休ませていただいてよろしいかしら」コンバー夫人は明るく言った。「あたし、お邪魔にはなりませんよね。もしそうなら遠慮なく言ってください。やりかけのことがあったら、あたしなんかいないと思ってどうぞ。すいません、ちょっと失礼」コンバー夫人は、トーランド老夫人のかたわらにある炉辺の椅子に腰を下ろした。

老婆はさらに身を乗り出し、じっとコンバー夫人を見た。客が面前に現れたのは数カ月ぶりだった。だが、こんなに自分をものともしないやつは記憶にない。とくとくとしゃべるでしゃばりな鉄面皮め！　トーランド老夫人は若さや活気や精力に接するのを常に嫌っていた。自分の老いを感じるからだった。こいつは若くないのにうるさくて元気だ。老夫人はなおさら嫌悪の情を募らせた。こいつの真っ赤な頬をひっぱたいてやりたかった。トーランド老夫人は上目遣いで娘を見た。ジャネットはなぜいつものようにこの女を追い返さないのだろう。どうして椅子に座らせたままにしておくのだろう。

最初のうちジャネットはコンバー夫人の勢いに面食らっていたが、何分か経つとやっと巡りの悪い頭が動きはじめた。母が考えていることは痛いほどわかった。このでしゃばりな女を嫌っているのだ。だが、同時にこうも思った。これまで長い間母に仕えてきたけれども、見返りは何もなかった。ただ唯々諾々と忠実に仕えてきたのに。いままで気づくことはなかったが、ジャネットの心中には積年の恨みが鬱積していた。いま反抗したらどうなるだろう。ついに復讐するときがやってきたかと思うと、激しい喜びがこみあげてきた。それに、この女に優しく接したら、ゼリーや果物やカスタードを持ってきてくれるかもしれない。老いたる暴君はいかにそれらを嫌っていることか。

「どうぞお楽に」ジャネットはゆっくりと言った。「ちっとも邪魔じゃありませんから。なにぶん母がしゃべれないもので……話をする機会があんまりなくて」

「まあ、かわいそうに。かわいそうなおばあさん！」コンバー夫人は同情に満ちあふれた声で言った。

「でも、耳が聞こえないわけじゃないんです」この旅行客のおかげで母が不意に逆上しやすまいかと案じながら、ジャネット・トーランドは答えた。「話は聞こえてますから」

コンバー夫人は心から哀れみと痛みを覚えた。このかわいそうな老婆は誰からも顧みられない弱々しい存在だ。どうしてこのままにしておくのか腹立たしかった。部屋を見ると、小汚くて世話が行き届いているとは思えない。しゃべることができず、この無慈悲そうな女の言うがままになっているとは、なんと恐ろしい状況だろうか。コンバー夫人は思った。トーランド老夫人に何か救いの手を差し伸べなければ心安んじて眠れないだろう。

「まあ、それはほんとにお気の毒で」コンバー夫人は声を上げた。大きな黒い瞳は哀れみでいっぱいになっている。「口がきけないって、なんて恐ろしいことでしょう。あたしがそんなことになったら、どうしていいかわかりませんわ。でも、たぶん」快活に笑って続ける。

「なかには結構なことだって言う人もいるでしょう。なぜって、おわかりでしょうけど、あたし、おしゃべりなんですの。ほんとにもうしゃべってばかり。子供のころから直そうとしてきたんですけど、全然直らなくって」

感情を抑えかねたトーランド老夫人は両手を軽く打ち合わせた。このおぞましいやつは何だ、ジャネットはいったい何をやってるんだ。老夫人は娘に鋭い一瞥《いちべつ》をくれた。そのとき、初めて気づいた。娘の冷たい瞳の裏に生まれつつある考えに。両手を前で組み、ジャネットは冷然と佇んでいた。口のあたりに不気味な笑みが幽かに浮かんでいる。「結構ですわ」ジャネットは言った。「母は聞いてますから。おしゃべりを聞くのが好きですの。そこに座ってあなたのおしゃべりを聞いてるはずです」

「ああ、そうでしたね、すいません」コンバー夫人は言った。トーランド老夫人はしゃべれないけど耳は聞こえる、ちゃんと覚えておかないとすぐ忘れてしまう。「ねえ、おばあちゃん、何だってあたしが手助けをしてあげますからね」これを聞いて、トーランド老夫人の手がなおさら激しく動いた。「ええ、ほんとに。あたしにできることがあればなんなりと。トーランドさん、何か言ってくだされば……」

「そうですねえ」ジャネット・トーランドはのろくさい口調で答えた。「お言葉に甘えて言いますと、母はゼリーが好きなんですよ。四角いゼリーをスープに浮かべて飲むんです。お医者さんはずっとご無沙汰ですけど、最後に来たときにこう言ったんです。スープを少し、それにゼリーを浮かべて飲むといいですって」

これを聞いた瞬間、トーランド老夫人は世界が崩壊したような気がしたに違いない。どうあっても戦い抜かねば、老夫人は胸の内で猛然と決意した。だが、久しく絶えてなかった反抗だった。それもジャネットが、いちばん忠実な召使だったジャネットが……。

老夫人は顔を歪め、内心のあらゆる怒りと嫌悪を瞳にこめようとした。もししゃべれたのなら、いったいどんなことを口走っただろうか。

「そうですか」コンバー夫人は愛想よく続けた。「そういったお役に立つことでしたらなんなりと。ところで、お医者さんはずっとご無沙汰ってどういうことですの？」

「いや、べつに」ジャネットはそれ以上のことを言わなかった。実のところは、最後にトーランド家を訪れたとき、医者はもう二度とこの家の敷居をまたがないと言明していた。

「そのお医者さんってすてきで優しい方ですよね」と、コンバー夫人。「あたし、話をしてみなきゃ。だって、お医者さんはそういう手助けをしてくれますから。うちの子がまだちっちゃかったとき、具合が悪くなったことがあるんですの。発疹ができて、暑い陽気に食べ過ぎたせいかしらって、あたしもうおろおろしちゃって。でも、かかりつけのお医者さんはとっても手ぎわがよかったの。ほんとに、もしお医者さんがいなかったらと思うと……まあ、あたし」コンバー夫人は椅子から立ち上がり、明るく続けた。「ご迷惑ですよね、トーランドさん。きっとやることがたくさんおありでしょうから。あたしも散歩の途中だったし。でも、おしゃべりできてとっても楽しかったですわ。みなさんとお近づきになれたし。さようなら、おばあちゃん。何も心配はいりませんからね。できるだけのことはしてさしあげますから。診察に来てもらえないかってお医者さんにも言ってみます。じゃ、また近いうちに寄りますから。ほんとにお近づきになれてうれしかったわ。さようなら」

コンバー夫人は反応の鈍いジャネットの手を握り、去っていった。

二人の女は互いに向かい合った。実を言うと、ジャネットは一瞬くじけそうになった。トーランド老夫人はだてに長年にわたって君臨してきたわけではない。老婆の瞳は燃えていた。クッションの間で居住まいを正した老婆の体は、嫌悪と恐怖と驚きで強ばっていた。復讐に燃えて誰かを八つ裂きにしようとしているかのようだった。

遠い昔、ペリス老婆が使っていたものは家の中にあった。むろん、たちどころに見つけられる。怒った母は何度も目にしてきたが、これほどまでに激怒した姿は初めてだった。母と向かい合い、その瞳に激怒の色を読み取った娘は、ゆるゆると視線を外し、笑みを浮かべた。その瞬間、トーランド老夫人は悟った。ついに恐れていたときがやってきたのだ。声を失って以来、ずっとこうなることを恐れていた。自分の支配は危殆に瀕している。

だが、さらにたちが悪いのはトレスニン一族の目だった。窓から邪悪な視線がじっと注がれていた。トレスニン一族はコンバー夫人がやってきたのを見た。また目にすることだろう。

コンバー夫人は、トーランド家の長老の長い魔手が届かないところに存在していたと言えるだろう。

ほどなく、コンバー夫人は海望荘に赴き、ブリッジに招かれていた医者に会った。夫人は医者とむやみに話をしたが、とりわけ話題に上ったのはトーランド家のことだった。

「もちろん、あたしがでしゃばることじゃないんですけどね、ドクター。でも、あのかわいそうなおばあさん、あんまりちゃんと世話をしてもらってるようには見えなくて。むっつりした感じの悪い女の人が一人ついてるだけなの。その人、世話をする仲間をとっても欲しがってるみたいな感じでした。それで、あたしこう思ったんです。先生が立ち寄って、ちょっと明るい言葉をかけてあげれば……」

「明るい言葉ですか、コンバーさん」医者は言った。「そんなもの、トーランド家の人たちは鼻で笑うと思いますがね。最後にあの家へ行ったとき、あんまり無礼な扱いをするから、二度とこの家の敷居はまたがないってはっきり言ったんです。でもまあ、もう一度やってみますか。お約束しますよ」

「もちろん」と、コンバー夫人。「難しい人たちですけどね」

「あの人、まるでコーンウォールの漁師の家をずっと回り続けてきたみたいだな」医師はあとで妻にそう語った。

コンバー夫人のほうはこう思っていた。あのお医者さん、貧しい人の扱いがうまくなかったんだわ。もちろん、そんなやり方は好かれないと思うけど。

それでも医師は約束を守り、トーランド家に赴いた。とても驚いたことに、ジャネット・トーランドは老婆を診察して薬を処方することを許した。医師がいるあいだ、ジャネットはそれほど多くを語らなかった。両手を組み、むっつりとした顔で母を見ているだけだった。しかし、医師のやることに異を唱えようとはしなかった。

「ほんとに、コンバーさん」訪問のあと、医師は言った。「あなたってすごい人ですね。いったい何をしたのか知りませんけど、ひと月前はあの家の中に入ったら命の危険まで感じるほどだったんですよ」

これを聞いてコンバー夫人は喜んだ。いまや毎日昼になるとトーランド家へ出かけるようになった。ときおり上がりこんで、半時間ほど老夫人と話をした。老婆が答えられないことなどまるで気にしていなかった。コンバー夫人は、腰を折られることなく誰かにしゃべるのが好きだった。

それから、夫人は牧師の妻を連れてきた。牧師の妻はキリスト教の小冊子を携えており、トーランド老夫人のテーブルに置いて帰った。その一部始終を窓からトレスニン一族が見守っていた。

コンバー夫人は心底幸せな気分だった。おかげで、ゼリーとスープとチキンをやみくもに買いこむことになった。

トーランド家の若い者たちは、驚きに息をつめながら黙って成り行きを見ていた。長老の取り扱いについては勝手知ったるジャネットにいつも任せてきた。ジャネットのやることはいつだって十分にうなずけた。だから、恐らくいまも理にかなったことをしているのだろう。おもむろに真実がわかりはじめてきた。一族の者は、ゆっくりと事の成り行きを理解した。

一方、トーランド老夫人は人知を超えた苦しみのさなかにあった。希望を伝えるために与えられている黒板に、老夫人は必死に言葉を書きつけた。だが、老いた指はむやみに顫えるようになっていた。

「焼く」「女」「憎い」「地獄」そんな言葉だけが解読できた。

もし目で人殺しができるのなら、ジャネットはとうの昔に死んでいただろう。体を洗ったり着替えをしたりするとき、できるのなら娘に嚙みつき、首を絞めて八つ裂きにしたことだろう。しかし、老夫人は弱々しく、ジャネットはきわめてたくましかった。

あのぞっとしないやつが初めて家へ来てから、たかだか一週間しか経っていないではないか。なのに、息子や義理の娘といった家族はもう自分に注意を払ってくれなくなってしまった。「おばあさま、おやすみじゃなかったですか？」と言いながら忍び足でやってくることもなくなった。石筆をカタカタ動かしても、連中は聞こえていないふりをする。

家族が老夫人のところへ来て、町のうわさ話で楽しませることも稀になった。

そして、ついに決定的な敗北の瞬間が訪れた。ずっとこれまで、アニーはいつも曾祖母をとても怖がってきた。ジャネットは買い物で忙しく、少女は老夫人のもとに残された。

老婆を見た少女は、ちょっと腰が引け気味ではあったが挑むように口笛を吹きはじめた。歯を合わせるその吹き方を大人が厭がることはわかっていた。

トーランド老夫人は黒板の上で石筆をカタカタさせた。

アニーは口笛を吹き続ける。

老夫人は足を踏み鳴らしたが、いたって弱々しい音しか響かなかった。両手を打ちつけ、歯ぎしりをする。

アニーはちょっとためらってから足を開き、老婆の椅子のほうへ顔を向けた。

「べえーだ！」そう言うと、自分のやったことにうろたえて部屋から出ていった。

老婆は独りぼっちになった。全身をわなわなと顫わせながら、トーランド老夫人はここ数年間絶えてなかったことを試みた。椅子から立ち上がったのだ。杖に寄りかかり、よろよろと近くの引き出しのほうへ向かう。そこから何かを取り出すと、またよろめきながら椅子に戻った。

帽子を脱ぎ、手近のクッションを返す。そして、小声でぶつぶつ何か唱えながら手にしたものを裏返したりねじったりしはじめた。それは、薄汚れた古い蠟人形だった。

頭の中は怒りで煮えたぎっていた。あの赤ら顔の女が人生を台なしにしたのだ。

老夫人は蠟人形を裏返した。さらに呪文を唱える。

だが、ねじることはできなかった。老いの身には苛酷すぎた。蠟人形は感覚の失せた指のあいだから滑り落ち、暖炉の灰に交じった。最後の頼みの綱が切れた。もはや古い世界は薄れ、いにしえの神と悪魔は去ってしまった。新たな秩序と世界が生まれていた。

臨終の時が近づいていた。疲れきった老婆の目からうっすらと涙がこぼれた。それはしわしわの頰をゆるゆると伝った。

二十四時間後、トーランド老夫人は死んだ。

「まあ、かわいそうに」葬儀の知らせを聞いたコンバー夫人は言った。「でも、うれしいわ。

おばあさんが亡くなる前の何時間かを、あたし、少しでも明るくできたんですもの」

II

みずうみ

The Tarn

I

なにげなく部屋を横切り、フォスターは本棚のほうへ向かった。わずかに身をかがめ、あれやこれやと目で本を追う。その背中の動きと浅いフランネルのカラーから覗く贅肉のないほっそりしたうなじを見ながら、ホスト役の男は思った。こいつ、カラーの下に隠しているのは首だけじゃない。愉悦、それも舌なめずりせんばかりの愉悦を隠している。だからこそ、こんなに悠然としたしぐさができるのだろう。

壁と低い天井、どちらも白い部屋には、湖水地方の心地いいやわらかな陽光が満ちていた。十月はこの地方の素晴らしい時季だ。鮮やかでかぐわしい黄金《きん》色の太陽がほのかに紅く染まった空をゆるゆると進み、ルビー色の夕映えに溶ける。深い紫色の斑点、織布めいてたなびく銀色の薄もや、琥珀やグレイのあえかな点、美しい田園にさまざまな影が揺れる。ガレオン船めく雲が嶺《みね》にかかっては離れる。まぼろしの軍隊のように平原の胸に当たる部分へ上りつめたかと思うと、青空にふっと昇り、幽《かす》かな物憂い色となる。

フェニックのコテージはロウ高原を望む。右手の窓からはアルズウォーター湖ごしに広がる丘陵が見えた。

フォスターの背中を見ていたフェニックは急に厭な気分になった。椅子に腰を下ろし、ちょっと手で目を覆う。フォスターがロンドンからはるばる出向いてきたのは、言ってみれば物事を正常化するためだった。あいつと知り合ってどれくらいだろうか。かれこれ二十年にはなるだろう。そのあいだずっと、フォスターは周りと折り合いをつけるようにやってきた。嫌われるなんて耐えがたいことで、誰かが自分のことで気を悪くするのを心底いやがった。フォスターはみんなと友達になりたがったのだ。おかげで順風満帆、仕事でも成功を収めてきた。それはまた、フェニックが失敗した理由にもつながるだろう。

フェニックはフォスターと対照的だった。博友を求めず、人から好かれることにもまったく意を用いていなかった。フェニックはどういうわけか人間というものを蔑んでおり、実際にかなりの数の人物を見下してきた。

かがめている細長い痩せこけた背中を見ているうち、フェニックはひざが震えるのを覚えた。まもなくフォスターは振り向き、あの甲高い声で本について何か言うだろう。「フェニック、なんてすごい蔵書なんだ！」眠れない夜、長い不眠のとき、いったい何度そんな噂《さえず》るような声を聞いたことだろう。声はついそこで、そう、ベッドのかたわらで響くのだ。その声にフェニックはいくたびこう答えたことか。「俺はおまえを憎んでいる。俺の人生が失敗した理由はおまえなんだ。おまえはいつだって俺のじゃまをしてきた。そう、いつもだ！庇護者のふりをして、実は俺をバカにしていることを他人に示してきた。まったく何という思い上がった奴だ。俺の目はごまかせないぞ。話をよく聞け！」

もう二十年にもなる。フォスターは執拗にフェニックの妨害を続けてきた。ずいぶん前の話だが、ロビンズの一件があった。すばらしい書評紙「パルテノン」を主宰していたロビンズは、編集助手を求めていた。面会に赴いたフェニックは申し分のない会話をした。あの日、フェニックはどんなに高尚な話をし、自らの意気込みを示したことだろう。「パルテノン」のような新聞を主宰する者の常でうぬぼれあがっていたロビンズも意気に感じ、太った体を部屋狭しと動かして声を張り上げた。「いいぞ、フェニック！　まったく君はすばらしいよ」だが結局、職を得たのはフォスターだった。

助手を務めたのは一年かそこいらだったものの、そこで培った人脈はフォスターを陽の当たる場所へといざなった。本来ならフェニックがそうなっていたかもしれないのに。


それから五年後、フェニックは三年間の血と涙の結晶である長編小説『蘆薈《ろかい》』を上梓した。奇しくも同じ週、フォスターも『サーカス』を世に問うた。感傷的なだけの駄作だったけれども、『サーカス』はフォスターの出世作となった。ある小説が別の小説を葬る、そんなことがありえようか。いや、あるのだ。もし『サーカス』が世に出なかったらどうだろう。ロンドンの訳知り顔の連中というのはうぬぼれが強くて視野が狭く無知で自己満足に終始する輩《やから》だが、それでも連中の口に上れば善きにつけ悪しきにつけ本に影響が出る。『サーカス』

さえ出版されなかったら『蘆薈』が話題になり、陽の当たる場所に出られたのではあるまいか。だが実際は失敗に終わり、『サーカス』が威風堂々と成功への道を進んだ。

その後もさまざまな転機が訪れた。大きなものもあれば、ささいなものもある。しかし、決まってフォスターの痩せこけた体が行く手に立ち塞がり、フェニックの幸運を妨げ続けたのだった。

むろん、これはフェニックの妄想に近かった。湖水地方の中心に逼塞《ひっそく》し、友はなく、人との交わりもほとんど断ち、手元不如意の生活を強いられてきたフェニックは、自分の失敗についてあまりにも考えを巡らせすぎたのだ。確かに自分は失敗した人間だが、それはわが責任ではない。才能と明敏さに鑑みれば、失敗の責任を自分に帰するなんてできようか。悪いのは教養を欠いた当世風の生活様式、人間の知性の代用品となっている愚昧な大量のがらくた、そして……フォスターだ。

フェニックは常に、フォスターが自分を遠ざけてくれるのを望んでいた。実際に顔を合わせることになろうとは思ってもいなかった。ところがある日、驚いたことにこんな電報を受け取ったのだ。「近くを通ります。来週の月曜と火曜、お宅に泊めてもらえませんか？　ジャイルズ・フォスター」

フェニックを目を疑った。だが、好奇心と鼻で笑って見下す気持ち、それに、あえて分析する気にもならない深層のわかりにくい動機により、フェニックは「いらっしゃい」と返信した。

そして、フォスターはここにやって来た。信じられるだろうか、この男、「物事を正常化する」ために出向いてきたのだ。ハムリン・イーディスからこう聞いたらしい。「フェニックは気を悪くしてるよ。何か不平の種があるらしいね」

「君が不満を持ってるなんて厭なんだよ。それでちょっと立ち寄って、肚《はら》を割って話し合おうと思ってね。何が引っかかってるのかを見定めて、正常な状態にしたいと思ったんだ」

昨日の夕食のあと、フォスターはそんなふうに正常化を試みた。熱のこもった目つきは、邪気のない犬が思い切りしゃぶりつくせる骨を探しているかのようだった。片手を差し出し、フェニックに言う。「言ってくれよ、何が引っかかってるんだ?」

フェニックは素っ気なく答えた。何もないさ、ハムリン・イーディスは大馬鹿野郎だ、と。

「ああ、そりゃ安心した」フォスターはそう声を上げ、やにわに椅子から立ち上がってフェニックの肩に手を置いた。「ほっとしたよ、君。友情がひび割れるなんて耐えられないからね。長い友人付き合いだから」

ああ、その瞬間、フェニックはどんなにフォスターを憎んだことか。

II

「まったくすごい蔵書だね」フォスターは振り向き、熱のこもった満足そうな目でフェニックを見た。「どの本も面白そうだ。並べ方もいいよ。本棚のガラス扉を閉めるのが惜しいね」

フォスターは前へ進み、ホスト役のすぐ隣に腰を下ろした。さらに手を伸ばし、フェニックのひざに置いて言う。「いいかい、君、この話をするのは最後だ。ほんとに最後だとも。僕としてははっきりさせておきたいんだ。君と僕の間には何のわだかまりもない、そうだね？　もちろん、ゆうべ君はそう請け合ってくれた。でも、改めてはっきり……」

フェニックはフォスターをしげしげと見た。不意に憎悪が微妙な喜びに変わる。ひざに置かれている手の感触が心地よかった。自分も少し身を前にかがめ、こう考えた。こいつの目を頭にめりこむくらいどんどん押していって、赤紫の屑になるまでぐちゃぐちゃにしてやり、血まみれで空っぽの眼窩だけ残ったらどんなに愉快だろう。そんな想像を巡らせながらフェニックは言った。

「そんなもの、あるわけないじゃないか。ゆうべ言ったとおりだよ。どうしてわだかまりなんて感じなきゃいけないんだ？」

ひざをつかんだ手にやや力がこもった。

「やれやれ、ありがたい。スッとしたよ、まったく。バカなやつだと思わないでくれよ。でもね、僕はずっと昔から君のことを気にかけてたんだ。いつだってもっと親密な交際をしたいと思ってた。君の才能はものすごく評価してたからね。えーと、あの小説……蘆ナントカ」

「そうそう、それ。ありゃすばらしい本だったね。厭世的なところはあったけど、すばらしいことに変わりはないさ。もっと話題になるべきだったよ。本が出た当時にそう思ったんだ」

「『蘆薈』かい？」

「ああ、もっと話題になるはずだったんだけどね」

「君の時代が来るさ。よい作品は例外なくいずれ注目される。これが僕の持論だから」

「ああ、俺の時代も来るだろうな」

薄っぺらくて甲高い声が続ける。

「僕はね、これまで望外の成功を収めてきた。ほんとに望外だよ。そうじゃないとは言えないさ。むやみに謙遜してるわけじゃなくて、これは本音だ。もちろん、僕にも才能はあったよ。でも、人が言うほどあるわけじゃない。その点、君は違う。世間が思ってる以上の才能を持ってる。そうなんだ、君にはまぎれもない才能があるんだよ。ただ……気を悪くしてもらっちゃ困るんだけど、その本来の才能を十分使ってるとは言えないんじゃないか？　こんな山に囲まれたとこに引きこもってたら――いつだってじめじめ雨が降ってる――時代遅れになっちまうぞ。君は人に会わないから、いまの話題がわからなくてついていけないんだ。おい、こっちを見ろよ」

フェニックはこうべを巡らせてフォスターを見た。

「いいかいフェニック、僕は一年の半分をロンドンで過ごしてる。講演に音楽に演劇、どれをとってもロンドンがいちばんさ。それから、三カ月間は海外で過ごすんだ。イタリアやギリシャなんかだな。あとの三カ月は田舎で過ごす。最高の配分だよ。君もこんな感じでやるといい」

「イタリアやギリシャ！」

フェニックの胸中に何かがじわじわと忍びこんできた。ああ、どんなに憧れてきたことか。たとえ一週間でもギリシャで、二日間でもシチリア島で過ごせるなら！ 資金はあるのじゃないかと思うこともあった。しかし、実際に勘定をしてみると足りなかった。なのに、この独りよがりでうぬぼれの強いおためごかしの馬鹿な鈍物は……。

外の黄金色の陽光に目をやりながら、フェニックは立ち上がった。

「ちょっと散歩に出ないか」そう提案する。「日が沈むまでたっぷり一時間はあるから」

III

その台詞が口をついて出たとき、まるで別人がしゃべったような感じがした。誰か後ろに立っているのではと振り向きかけたほどだ。ゆうべフォスターが到着してから、フェニックはずっとそんな感じにとらわれていた。散歩だって？ どうしてこいつを散歩に連れ出さなければならないのだろう。愛する土地を案内し、曲がったり直線になったり窪んだりする地形、銀色に光るアルズウォーター湖の長い楯状地、紫の雲に覆われ、寝そべった巨人のひざにかかった毛布のような丘陵地帯などをあれこれと指し示す。なぜそんなことをやらねばならないのだろう。「ほかに目的はあるんだから」背後に立っている誰かとそう語り合ったうえで発せられた台詞のように思われた。

二人は出発した。道がにわかに下り、あとは水べりへと木々の間《あわい》を小路が続いていた。湖の向こうは藍色、その上にサフラン色に染まった鮮やかな黄金色の光が見える。丘陵はもう暗かった。

フォスターの歩みぶりは人となりをよく表していた。いつも人より少し前を歩く。自分の利になるものを見逃すまいとするかのように、ひょろ長い体をきびきびと揺すりながら悠然と進む。肩越しにフェニックを見て言葉を投げる。駒鳥にパン屑を与えるように。

「もちろん、僕はうれしいよ。賞をもらってうれしくない奴なんていないさ。まあ所詮はできたばかりの賞で、一年か二年の歴史しかない。それでも、賞をもらったことにはとっても満足してるんだ。封筒を開けて小切手を見たときには椅子から転げ落ちそうになったけどね。いや、まったく。もちろん百ポンドなんて馬鹿みたいな賞金だけど、これは名誉だから」

二人はどこへ行こうとしているのだろう。自由意志など持たないかのように定められた道を歩んでいる。自由意志？　ここにはそんなものはない。すべては運命だ。フェニックは不意に声を立てて笑った。

フォスターが立ち止まる。

「おい、どうしたんだ？」

「何が」

「笑ったじゃないか」

「ちょっとおかしくてね」

フォスターはそっとフェニックの腕を取った。

「ほんとにいい気分だな、こうやって友人と腕を組んで歩いてると。僕は感傷的な人間さ。そりゃ否定しない。でもね、人生は短いんだ。友人を愛さなくてどうする。君はずいぶん長く独りでいすぎたんだよ」フォスターはフェニックの腕を握りしめた。「これが当たり前の暮らしさ」

拷問、しかも繊細なすばらしい拷問だった。痩せこけて骨張った腕が押しつけられている。その感触が心地いい。心臓の鼓動まで聞こえるかのようだ。腕の感触、それを両手で取って折り曲げ、ねじり、骨が砕ける音まで聞こえたなら……快い誘惑は煮えたぎる湯のように高まった。だが、まだ機は熟していなかった。一瞬だけフォスターの手に触れたものの、フェニックはすぐさま離れた。

「この村は、みんな夏にやってきて宿にするんだ。ここから脇道に入ってみよう。山のみずうみへ案内してあげるよ」

「山のみずうみだって？」フォスターはたずねた。「ごめん、よくわからないんだけど、それってどういうものだ？」

「小型の湖だよ。丘陵の窪地に水が溜まってできる。とっても静かで感じがいい。なかにはずいぶん深いものもある」

「見たいな」

「ちょっと歩くし、道は大変だよ。それでもいいか？」

「大丈夫さ、足は強いから」

「ほんとに深いものもあるんだ。底無しで、誰も下まで届いたことがない。でも、静かで鏡みたいで、映る影といえば……」

「フェニック、君も知ってると思うけど、僕は水が怖いんだ。泳ぎは習わなかったからね。背が立たない深さはだめだな。馬鹿馬鹿しいと思われるかもしれないけど、すべては学校時代の体験に由来してるんだ。もうずいぶん前、小柄だった僕を大きな奴らがつかみあげて頭から水の中へ落とした。危うく溺れるところだった。ほんとの話さ。もちろん溺れさせるつもりじゃなかったんだろうけど。まだあいつらの顔を覚えてるよ」

フェニックは思いに沈んだ。だしぬけに情景が浮かぶ。大柄で強そうな少年たち、そして、小柄でやせこけた蛙みたいなやつ。分厚い手が喉に伸び、青白い棒みたいな足が水面から突き出す。少年たちの笑いが不意に変わる。おかしいぞ、こいつ、ぐったりして動かない……。

フェニックは深いため息をついた。

フォスターは少し前ではなく、並んで歩くようになっていた。ちょっと怯えていて、安心を求めているかのようだ。もう過去の光景ではない。二人の前と後ろには骨の折れる路が続いていた。岩や石がごろごろしている。右手の丘のふもとに採掘場がいくつかあった。ほとんどが無人だが、まだ稼働しているところも少しあり、夕暮れの憂鬱をなおさらかきたてていた。細長い煙突から漂う幽かな音、下の池に勢いよく流れこむ排水。ときおり疑問符のような黒い人影が暗い丘に現れる。

少し急坂になり、フォスターは息を切らしてあえいだ。

フェニックは嫌悪の情を募らせた。こんなにやせこけていて、なおかつこのありさまだ。採掘場を下に、水の流れを脇に見て、緑やくすんだ灰色に刻々と変わる丘の斜面を二人はよろめきながら進んだ。

行く手にヘルヴェリン山が見えてきた。懐にいくつかの丘をカップ状に抱き、そこから右手のほうへいびつに伸びている。

「着いたよ。これが山のみずうみだ」フェニックは声を上げ、こう言い添えた。「思ったより日の落ちるのが早かったな。もう暗くなってる」

フォスターはよろよろと近づき、フェニックの腕をつかんだ。

「たそがれだと丘は変な感じになるね。生きてる人間みたいだ。もう路もはっきり見えないよ」

「二人だけだ」フェニックは答えた。「静かだろう？　採掘場の人々は帰宅したころだ。この地にはわれわれしか残っていない。よく見てるとわかる、妙な感じの緑色の光が丘をそっと覆うのが。それはほんの一瞬で、すぐに暗くなってしまう。

そう、これが山のみずうみさ。わかるか、フォスター、僕がどんなにこの場所を愛しているか。このみずうみが僕にはことにお似合いなんだ。数々の作品、栄光、名声、成功といったものが君にお似合いのようにね。そちらはそちら、こちらはこちら。せんじつめればいい勝負なんだろう。そう……

でも、こうも感じるんだ。みずうみの水は僕にふさわしいし、僕もみずうみに似合ってる。切り離すことは無理そうだな。ああ……暗くなったか？

このみずうみは深いやつの一つでね。誰も調べたことがない。ヘルヴェリン山だけが知っている。でも、みずうみはいつか僕をいざなって、秘密を打ち明けてくれるんじゃないかと思うんだ。小声でこう囁くだろう。実は……」

フォスターはくしゃみをした。

「とても感じのいいきれいなとこだよ、フェニック。気に入った。すてきなみずうみだ。じゃあ、そろそろ引き返そう。採掘場のほうへ下るのは大変だよ。寒くなってきたし」

「あそこに小さな桟橋がある。見てみないか？」フェニックは強引にフォスターを導いた。

「誰かが水に入るために作ったんだ。小舟もあったと思う。ほら、こっちへ来て覗いてみなよ。いちばん端から見下ろすと、深い水のまわりに山が集まってきているみたいに見える」

フェニックはフォスターの腕を取り、桟橋の端へといざなった。水は本当に深く見えた。深くて暗い。覗きこんだフォスターは、顔を上げて山々を見た。フェニックの言うとおり、水に映る山々に取り囲まれているように感じられた。もう一度くしゃみをする。

「風邪引いちゃったかもしれないな。フェニック、帰ろうよ。道がわからなくなっちまうよ」

「帰るのはあとだ」そう言うと、フェニックは痩せこけた首筋をぎゅっと両手でつかんだ。その瞬間、フォスターは半ばこうべを巡らし、ぎょっとしたように見つめた。妙に子供じみたまなざしだった。ほんのひと押しで、いっそ笑い出したくなるほどあっけなくフォスターの体は前のめりになった。鋭い悲鳴、水しぶき。速やかにいや増す闇に抗うように、白いものがむやみに動く。何度も何度も。そして、波紋が遠くまで広がり、静かになった。

V

静けさが続いた。みずうみを包み、さらに広がる。すでに静まっていた山々に声を上げるなと告げたかのように。フェニックも静寂を分かちあっていた。静けさを楽しんでいた。身じろぎもしない。インクのような水面を眺め、腕組みをしたまま思索に耽っているように見えた。だが、何も考えてはいなかった。心地いい安堵感に浸っていただけで、まるで思索ではなかった。

フォスターは死んだ。あのうんざりさせられるおしゃべりでうぬぼれあがった独りよがりの馬鹿は死んだのだ。二度と戻ることはない。みずうみが保証してくれる。フェニックの顔を満足げに覗きこみ、こう告げているかのようだった。「よくやった。公正で必要な仕事だった。あれは君とわたしの共同作業だ。君のことは誇りに思うよ」

フェニックは自分に満足していた。とうとう思い切って何かをやり遂げたのだ。思考、それも激しく活発なものが脳を満たしはじめた。ここ数年間、フェニックはこの場所で時間をつぶしてきたが、不平を飼い馴らしていたばかりで腑《ふ》抜けのようなものだった。だが、ついに行動を起こしたのだ。フェニックは居住まいを正して山を見た。自分が誇らしいけれども、寒さも感じた。身震いをしてコートの襟を立てる。緑色のあえかな光が見えた。あの光が山かげで一瞬だけゆらめくと、決まってすぐ暗くなる。もう遅いから帰ったほうがいい。

ずいぶん冷えてきて、歯がカチカチ鳴った。路を下りはじめたが、フェニックはすぐさま気づいた。自分がみずうみを離れがたく感じていることに。優しいみずうみは世界でたった一人の友人だった。よろめきながら闇路を辿るにつれ、孤独感が募った。自分は誰もいない家に帰ろうとしているのだ。ゆうべは客がいた。もちろん、フォスターだ。あの思慮のない笑い、人当たりはいいが凡庸な目つき。そう、フォスターはもういない。二度と戻ってくることはないのだ。

フェニックは不意に走りだした。なぜかはわからない。ただ、みずうみを離れてしまい、無性に寂しかった。できることなら一晩中ほとりにいたかった。でも、この冷えた体では無理だ。だから、走りはじめた。家には灯りや慣れ親しんだ家具がある。あらゆるものが安堵させてくれるだろう。

走るにしたがい、足もとで小岩や石が音を立てた。タッタッタッタッ……誰かが並走しているように感じられる。フェニックが止まると伴走者も止まった。静寂の中で息をつく。もう体が熱くなってきた。汗が頬を伝う。シャツの背中へも伝っていた。ひざはガクガクするし、心臓は早鐘のようだ。周りの山々は驚くほど静かだった。雲が消しゴムみたいに見える。押しこんだり引っ張り出したりできるかのようだ。そんな灰色の消しゴムが埋めこまれているのは紫水晶めいた夜空。海で瞬く船の灯りのように星が輝きはじめていた。

ひざは落ち着き、心臓の鼓動もいくらかましになった。フェニックはまた走りだした。角を曲がると、ホテルの前に出た。温かな安らぎの灯りがともっている。フェニックは歩を緩め、湖畔の道をゆっくりと歩きはじめた。確かに誰かが後ろからついてくる——そんな感じさえなかったら、落ち着いた快適な気分でいられただろう。ときおり立ち止まって振り返る。

声をかけたこともあった。「誰だ、そこにいるのは」返ってきたのは木の葉のざわめきだけだった。

奇妙極まる幻想にとらわれたけれども、脳がズキズキ痛んで考えがまとまらない。みずうみが後をついてくる。忍び寄るみずうみが道沿いに流れ、かたわらにいるから寂しくない。その囁きまで聞こえるかのようだった。「われわれは一緒にやり遂げたんだ。君だけが責任を負うことはない。私は君のそばにいる。だから、寂しくはないよ」

苦労しながら道を進むと、家の灯りが見えてきた。背後で音を立てて門が閉まる。まるでフェニックを閉じこめるかのように。居間には灯りがついており、何も変わったところはなかった。フォスターがほめていた本が並んでいる。

世話をしている老婆が現れた。

「お茶はいかがでございましょう」

「いや結構だ、アニー」

「もう一人の方は何かご所望で?」

「あいつは今夜帰った」

「では、お食事は一人分でございますね?」

「ああ、一人分だ」

ソファの端に腰掛けると、フェニックはすぐさま深い眠りに落ちた。

VI

老婆が軽く肩を叩き、食事ができたと告げた。目覚めてみると部屋は暗く、二本の蠟燭の炎だけがちろちろとゆらめいていた。暖炉の上に置かれた二本の赤い蠟燭をフェニックはいかに嫌っていたことか。とりわけいまは、フォスターのか細くて甲高い癇に触る声を彷彿させて厭だった。

いま、この瞬間にもフォスターが入ってくるのではないか、そんな気がしたけれども、フェニックはわかっていた。ありえないことだ。ドアのほうにずっと頭を向けていたが、暗くて何も見えない。二本の蠟燭がみすぼらしい炎で泣き言を訴えている暖炉の周辺を除けば、部屋は闇に閉ざされていた。

ダイニング・ルームへ赴き、食事の席に座ったものの、何も口にすることができなかった。フォスターの席が空いている。誰も座っていない席が一つある。その光景はそぞろに寂しさを与えた。

フェニックは一度席を立ち、窓辺に寄った。窓を開けて外を見る。何か音が聞こえた。静寂のなか、幽かに水が流れている。深い池の水が岸に満ちるように。いや、木がざわめいているだけだろう。梟《ふくろう》が鳴く。後ろから不意に声をかけられたような気がした。フェニックはあわてて窓を閉めて振り向き、黒い眉根を寄せて部屋に目を凝らした。

ややあって、フェニックはベッドに入った。

VII

眠っていたのか、それとも半ばまどろみ、半ば何も考えずにだらりと横になっていただけなのか。いずれにしても、いまや完全に目が覚めた。鼓動が気遣わしげに鳴っている。誰かが自分の名を呼んでいたかのようだ。寝るときはいつも窓を少し開け、ブラインドを上げていた。今夜は蒼ざめた月光が部屋の物を幽かに照らし出している。光の洪水でも鮮明な斑点でもない。丸いものや四角いものを銀色に染め、あとは漆黒のままに残していた。ぼんやりとした光は幽かに緑に染まっていた。闇に包まれる前に、山のほうから漂ってきたかのように。

フェニックは窓に目を凝らした。何かがこちらへやってくるように見える。灰色がかった緑に抗うように、銀色に染まったものが輝いている。凝視する……水だ。水が忍び寄ってくる。

忍び寄る水！　フェニックは顔を上げ、耳をそばだてた。窓の向こうから水音が響く。流れているのではない。湧き上がってくる。満足げにゴボゴボと音を立てながら満ちてくる。

フェニックはベッドで身を起こした。窓の下を見ると、間違いなく水が壁紙を伝っていた。水は窓の下枠へと達し、一瞬そこに止まったかと思うと、ざっと下へ滑り落ちた。いぶかしいことに、何の音も響かなかった。

窓の向こうでは奇妙な水音が響いていたけれども、部屋自体は静まり返っていた。水はどこからやって来たのだろう。銀色の水面が上がっては下がる。それにつれて、窓枠を洗う水が満ちては退《ひ》く。

起きて窓を閉めなければ。フェニックはシーツと毛布から足を抜き、下を見た。

悲鳴が放たれた。床が水ではっきりと覆われていたのだ。少しずつ上昇している。見る見るうちにベッドの短くて太い脚を半ば覆った。光も泡もない水は小止みなく上昇してくる。窓枠を越え、いまや着実な流れとなった。だが、音は響かない。フェニックはベッドの奥に座り、毛布をあごのあたりに寄せた。しきりに瞬きをする。笛でも入っているかのように喉仏が鳴った。

こうしてはいられない。止めなければ。水はもう椅子のシートまで来た。依然として音が響かない。とにかくドアへ！

素足を下ろしたフェニックは再び悲鳴を上げた。水が氷のように冷たかったのだ。暗く輝く静かな水面を前かがみになって見つめているうち、不意に何かが背中を押した。フェニックは倒れた。頭も顔も冷たい液体の中に没した。水はねばねばしており、氷の中心は溶けた蠟のように熱かった。爪先立ってもがく。水は胸の高さまで来た。フェニックは何度も叫んだ。姿見、きちんと並んだ本、離れたところから冷淡に見下ろしているデューラーの「馬」、さまざまなものが見える。水を叩くと、飛沫《しぶき》が絡みつくかのようだった。魚の鱗めいて指先にじっとりと纏《まと》わりつく。フェニックスはもがきながらドアのほうへ進んだ。

水が首まで来た。何かが足首をつかんでいた。身動きできない。フェニックスはもがきながら叫んだ。「離せ！　離せったら！　おまえなんか大嫌いだ！　誰が一緒に行くもんか。誰が……」

水が口を覆った。誰かが素手で眼球を押す。冷たい手が伸び、裸の腿をつかんだ。

VIII

翌朝、若いメイドが部屋をノックした。返事がなかったので、いつものように髭剃り用の水を持って中に入った。その光景を見たメイドは悲鳴を上げ、庭師のもとへ走った。

いっぱいに開いた目が飛び出していた。食いしばった歯のあいだから舌が突き出している。庭師とメイドは、そんな屍体をベッドに横たえた。

発作のようすがとなるものと言えば、倒れた水差しだけだった。カーペットに小さな水のしみが残されていた。

とても気持ちのいい朝だった。木蔦の細い枝がそよ風に物憂げに揺れ、窓ガラスをそっと叩いていた。

海辺の不気味な出来事

Seashore Macabre—A Moment's Experience

私たちはいつもの避暑に出かけた。場所はゴスフォースの北、急勾配の丘に位置する農場だ。ゴスフォースはカンバーランド（イングランド北西部の旧州）にある。ここの墓地にはドルイド教の十字塔があり、遠くから異郷の人が見物にやってくる。そのほかは変哲がなかった。農場には干し草と卵、狭い庭壁のたもとのほこりっぽい茂みで花を咲かせるニオイアラセイトウ、台所に入ってくるアヒルたち。そしてA夫人は、心優しくて親切だがずいぶん愚痴の多い農家の妻で、風味豊かなあつあつのケーキを洞窟めく黒い竈《かまど》で焼いてくれた。

しかし、いまだに鮮明に覚えているあの出来事と農場は関係がない。ただ出発点になっただけである。フロイト氏ならそれまでの人生を象徴するものだと言うかもしれない出来事は、この農場から始まった。晴れた日が続いたので、私たちは自転車で三マイル離れたシースケイルに向かった。

シースケイルは最も近い海辺の保養地だった。いつか押しも押されもせぬ保養地になるかもしれない。当時はそんな雰囲気だった。砂浜がだらだらと続き、新しいゴルフ場と感じのいいホテルがあった。狭い通りや小路にはまるで活気がなかったけれども、やがて店が立ち並ぶ繁華街になりそうに見えた。しかしながら、三十年後の現在も佇まいは同じだ。シースケイルは、かつて期待された右肩上がりの繁栄とは無縁だった。私としてはそのほうがありがたい。子供時代と何も変わっていないのだから。物憂げに風に吹かれる湿った浅い砂浜。暖かな日には砂まじりの塵が舞い、雨降りの日は濡れたマッチ箱のような小さな駅。ずっと同じ佇まいだった。指をぼうっと唇に当て、行くか行くまいか迷っているかのようだ。

　表面だけを見れば、まるで神秘的な場所ではない。それでも、私にとってみれば、シースケイルは世界でも神秘を感じさせるところだった。

　私たち三人、父と妹と私は自転車でシースケイルに向かった。一方、母と幼い弟は三マイルの道のりを二輪の幌馬車で揺られていた。幸い天気がよかったから、私たちはシースケイルの砂浜で過ごした。いつもながらちょっと冷たい海に浸かり、以前はなかったような気もする小さな岩陰でハムサンドや堅ゆで卵や生姜入りクッキーを食べた。読む小説は、父母がメレディスの『エゴイスト』、私は堅苦しくスタンダールの『赤と黒』を読んだり、ぐっとくだけてフランシス・マリオン・クロフォード（一八五四―一九〇九。アメリカの作家。「上段寝台」の作者）の『サラチネスカ家物語』（イタリアの上流社会を舞台にしたロマンス小説）を読んだりした。

　その日はちょうど、一週間で最もすばらしい日に当たっていた。懲戒、罪、口答えのたぐいがそれまでになければ、週に一度のお小遣いが三ペンスもらえるのだ。しかも、受け取ったその日に週刊誌が出る。いまなお健在のはずだが、「ウィークリー・テレグラフ」誌である。

「ウィークリー・テレグラフ」は大のお気に入りだった。値段は一ペンスだったと思う。乾いた黄色みを帯びた紙で、思い返すと麦藁や甘草や火薬の匂いがする。掲載されていたものはすこぶる多く、ロバート・マレー・ギルクリスト（一八六八―一九一七。英国の作家。怪奇小説も執筆）の浪漫的な短篇、若きフィリップ・オッペンハイム（一八六六―一九四六。英国のサスペンス・スリラー作家）の連載小説、とりわけよく覚えているのはレナード・メリック（一八六四―一九三九。英国の作家。パリを舞台とした感傷的な小説が多い）の『俗物たち』だった。同誌には「地方だより」のコーナーもあった。カンバーランドの地方色豊かなもので、こぼれ話やおかしな事件、さらに、ナイフやフォークをきれいにする方法、枕カバーの整え方、喉頭炎の子供の治し方といった記事も掲載されていた。

何を言いたいかというと、そういった太平楽な記事と……そう、シャーロット・ブロンテの言う「読み手」とのコントラストを強調したいわけだが、まあ退屈しないでお読みいただければ幸いである。

さて、こんな光景を思い浮かべていただきたい。小柄でひょろっとした少年が風に吹かれている。家族はシースケイルの岩陰に座って語らっているのに、少年だけが小さな駅へと細長い砂浜を苦労して進んでいるのだ。三ペンスをしっかり握りしめて。記憶をたどれば、よく晴れた日で日ざしも風も強かった。目を閉じると、空の曖昧な輝きや灼けた砂のかけらがかろうじて浮かんでくる。

私は砂丘を苦労して進んだ。靴や目や喉に砂が入る。少し高いところに立ち、目の砂を拭って後方を見た。遠くの丘は暗い紫色に染まっていた。ウォスト湖岸に聳える崖錐《ザ・スクリーズ》、そして、なだらかに広がるゲイブル山。それから私は小さな駅に入った。陽に炙《あぶ》られ、ペンキがじりじりと焦げていた。私は「ウィークリー・テレグラフ」を求めた。売り手がどんな男だったかは記憶にないが、ほんの二歩もしないうちに雑誌を開いたことは覚えている。ギルクリストのピークランド物が載っているかどうか、早く確かめたかったのだ。スピネット（チェンバロの一種）を爪弾くスミスモア嬢、タペストリーが秘めやかに飾られた部屋、優美な絹糸で刺繡する金髪の子供たち。そう、あの世界が載っていた。ホルンの音色が妖精の国から響き、眼下には真珠母《しんじゅも》色に輝く砂浜がゆるゆると続く。近くの海では人魚が戯れている。オッペンハイムの小説も載っていた。『詐欺の王子』第十七章だ。「スプランディド・ホテルの階段を下りながら考えた。さて、賭博台で運だめしをしてみようか、と。プリンス・サージは……」私は満足して深いため息をついた。そして、駅から一歩出たとき、この上なく邪悪な人間とあやうくぶつかりそうになった。幸いにもそれまでお目にかからなかったような人種だった。真に邪悪な人間はまれだ。あんな男は見たことがなかった。大半の人間は毒にも薬にもならない存在で、申し訳程度の悪を持っているかどうかだ。だが、あの老人は違った。実際に会ってみたらわかるだろう。邪悪としか言いようがない。真に迫った、イアーゴーを彷彿させる有無を言わせぬ邪悪さだった。

小柄な老人で、背中は曲がっていた。くたっとした黒い帽子を被り、傘を手にしていた。

顔色は悪く、鷲鼻で、あごに一つ疣《いぼ》があった。記憶をたどると、いまあの老人がすぐそばに立っているかのようにはっきりと甦ってくる。もっとも、実像はまるで違っているかもしれない。

さて、続く経緯は実に奇妙なものだった。先に言ったとおり、私は老人にあやうくぶつかりそうになった。かたわらに立つ男は私を見た。目と目が合った。老人の表情を思い返してみる。冷たくこちらを嘲笑うかのような厭な顔つきだった。老人はきびすを返し、膨らんだ傘をぶらぶらさせながら道を歩いていった。

それにしても、いったいどうして私はあとをついていったりしたのだろう？　とても考えられない行動だった。臆病者に近い内気な子供だったのに。それに、お気に入りの「ウィークリー・テレグラフ」を手にしており、これから楽しみに読もうと思っていたのだ。なのに、私は老人についていった。遠いあの日を振り返ると、こんな光景がぼんやりと浮かんでくる。歩くにつれて雲が太陽にかかり、家の壁の照り返しが少し弱まる。やや冷たくなった風が吹き惑いはじめる。いや、これは想像の産物に違いない。確かなのは、小柄な老人がまったく音を立てずに道を歩いていったことだ。たぶん底がフェルトか何かの靴を履いていたのだろう。もう一つ確実に言えるのは、まるで糸でたぐりよせられるように私が老人についていったということだった。

邪悪な老人だと言ったけれども、どうしてそう認識できたのだろう？　ことによると、馬鹿げた妄想にすぎなかったのではあるまいか。当時の私はほんの子供で、邪悪さに接した経験などまるでなかった。それに近いものといえば、蝿の羽をもいでいた同級生、あるいは怒りの火が宿った目で生徒をぶっていた先生だろうか。そう、傘を手にした小柄な老人は、あの先生と雰囲気が似ていた。無慈悲で卑劣。これは邪悪としか言いようがないではないか。あの小男は無慈悲で卑劣だったはずだ。私はそう確信する。

老人は私があとをつけていたのを知っていただろうか。足音はきっと聞こえたはずだ。でも、気配には出さなかった。風の強い陽ざしのもと、前を向いて背をかがめ、傘を揺らしながら歩いていくばかりだった。

小さな町が尽きると、柔らかな砂道に出た。ごわごわした海草がそこここに生えていた。海に近づくにつれて風がいっそう強まり、ハリケーンの兆しが見えたように思う。恐怖と陰気な愉悦で鼓動が激しくなった。冒険心と虫の知らせめいたものが奇妙にないまぜになっていた。

小柄な老人がたどり着いたコテージは、ひざの高さまで砂に埋まっていた。そこは海へと続く砂浜の端だった。海では逆巻く銀色の波が間断なく躍っていた。陽は燦々と降り注いでいるのに、そのコテージだけ暗くてうそ寒く感じられた。これははっきり覚えている。コテージの周りには暖かさがまるでなかった。冷たい風がズボンの足元に纏わりつく。小柄な老人はコテージに消えた。「ウィークリー・テレグラフ」をつかみ、私も続いた。何かの呪文がかかり、本来ならおよそとりそうもない行動をとってしまったのか。あるいは、そのときだけは性格ががらりと変わってしまったのか。

　いずれにしても私は、絵のように静まったコテージの前に胸を高鳴らせながら佇んでいた。それから、ドアのハンドルを回し、中を覗きこんだ。

　見えたのは、まずまずの広さの台所だった。くたびれた黒いオーブン、皿が一枚も入っていない食器棚、カーテンのない窓。火のそばに揺り椅子があった。座っているのは、私があとをつけてきた老人にそっくりの人物だった。窓はどれも小さく、部屋は薄暗かった。蠟燭で照らされている。架台の両端に二本ずつ蠟燭が据えられていた。そして、架台の上には、死骸が載っていた。

　その瞬間まで、一度も屍者を見たことがなかった。白い衣で包まれた屍体、あごに巻かれた白い帯布。頬は蠟細工のようで黄色みを帯びていた。

　屍者はそんなふうに横たわっていた。沈黙が場を領している。死それ自体が醸し出しているかのようだった。恐怖で喉を締めつけられた。私は屍体をさらに見つめた。それは、あの老人だった。傘を手にしていたあの老人、そして揺り椅子に座っている老人に生き写しだった。動くものは何もない。厳粛な時計の音だけが聞こえた。

　動揺していたせいか、無意識のうちにドアは開けっ放しにしてあった。不意に風が吹きこんできた。私のかたわらを駆け抜ける。そして、すべてに生気が吹きこまれた。人生で最も怖い瞬間だった。尾行してきた小柄な老人が台所の階段の上に姿を現した。そして、このうえなく恐ろしいしぐさをした。傘でこちらを指したのだ。おまえはすぐに死ぬと宣告するかのように。揺り椅子の小男が目覚めた。思い返すと、いまでも身震いがする。ゆっくりと瞬きをし、目を開いたのだ。そして、強ばった顔にぞっとするような笑みを浮かべ、私のほうへ歩み寄ってきた。だが、最悪なのは屍体だった。銀色の髪が揺らめき、屍衣がはためきだしたのだ。

部屋は風に満ちた。砂が吹きつけてくる。すべてが動いていた。そして、土気色の屍体がゆっくりと手を挙げ……。

私は悲鳴を上げ、命からがら逃げ出した。こけつまろびつしているうちにひざを擦りむき、尖ったガラスで手を切った。それでも半狂乱で逃げた。

以上が私の遭遇した短い出来事である。むろん、フロイト氏はこう言うかもしれない。それまでの人生が反映された結果にすぎない、と。

虎

The Tiger

ある晩、豪勢すぎる夕食をとったあと、ホーマー・ブラウン青年は汚らわしい夢を見た。ジャングルにいる夢だった。暗い密林の中で道に迷ってしまった。巨大な茂みは両側に緑の忍び返しがついた森みたいに聳えていた。剃刀の刃のように鋭く尖った草の上を素足で歩く。やがて、燃えるような二つの目が暗がりで光った。夢ではありがちなことだが、恐怖に駆られるというより驚きのあまり体が動かなくなった。その場に立ちつくし、虎が飛びかかってくるのを待つ。そして、すわというときに目が覚めた。

朝になってみると、覚えているのはそのシーンだけだった。哀しいことに、ホーマーは夢を覚えていたためしがなかった。おおむねそれは楽しい夢だったし、目覚めているときの生活でさほどロマンスに恵まれているわけでもなかったからだ。楽しい夢は忘れ、悪夢だけ記憶に残るらしい。ささいなことに思いわずらい、もっと楽しいことはすぐ忘れてしまうホーマーの性格にはぴったりとも言えた。

虎の夢を覚えていたのはせいぜい三日くらいだった。家の世話をしている妹や何人かの親友に話した。連中は寝る前にステーキは食べないほうがいいとしたり顔で忠告した。どう考えてもステーキより虎が問題だろう。ホーマーは内心そう思った。いままでもずっと未来を恐れていた。ある日不意に何かが飛び出してきて食われてしまうかもしれない。ホーマーは小柄で感傷的な男、すぐ風邪を引きそうに見えた。だが、英国人のご多分に漏れず、想像がつくものに対しては臆病ではなかった。もっとも、概して想像力には恵まれていなかったから、その及ぶところは実際に思いわずらっていることに限られていた。しかし、再び英国人のご多分に漏れず、潜在意識の地層深くにささやかなイメージの流れも有していた。たゆみなく流れる暗いものに折にふれて気づく。子供のころによく見せられたおとぎ芝居で、ディック・ホイッティントン（?—一四二三。一匹の猫によって巨万の富を得たロンドン市長）時代のロンドンじゅうの家が酔っぱらったコックの前でぐらぐら揺れたこと。エッジウェア通りのペットショップで猿がウィンドーごしに自分を哀しげに見たこと。ある女友達にプロポーズして断られたこと。乗っていた自動車が黒いコッカースパニエルをひき殺したこと。

そんなことを思い出すとき、ホーマーは幻覚を得た。足元の地面が開き、温かいパイ生地の上を歩いているような心地がした。その下には小鬼たちが蠢《うごめ》く地下世界がある。だが、啓示めいたものはたいていすぐに忘れた。ウィンブルドンの小ぎれいな家で背の高い痩せた妹と静かに暮らし、ささやかながら順調な保険の仕事につき、市街のどこかへ毎朝出かけていた。

かくして、ホーマーは虎を忘れた。

ある日ニューヨークに向かったのも保険の仕事がらみだった。ホーマーにとっては冒険と言えた。妹のフィービはうんざりするほど世話を焼くたちで、自身は認めていなかったもののホーマーの生活には欠かせなかった。兄が一人で行ってしまうことにうろたえたフィービは、心から同行したく思ってそれとなく匂わせた。だが、ホーマーにしてみれば羽を伸ばせる好機である。来ても何の役にも立たないと鼻で笑って取り合わなかった。しかしながら、大きな定期船に乗りこんでみると、まったくの独りぼっちでいかにも心細くなった。長い間決まった仲間とばかり付き合っていたおかげで、どうやって新しい知り合いを作ればいいのかわからなくなっていた。お金を失う恐れがあるカードゲームは厭だし、ダンスもできない。読書はといえば、道徳心のどこか曖昧な部分が剝がれて自分の正体が現れそうでなんとなく気が進まなかった。そんなわけで、ホーマーはもっぱらデッキを行ったり来たりしていた。できるものなら話しかけてみよ、そんな風情で誇らしく顎を上げて歩いていたが、内心では見知らぬ者がそうしてくれることを望んでいた。

いざニューヨークに着いてみると孤独ではなくなった。温かく熱心な歓待に遇うと英国人はこぞって驚く。おかげでホーマーは、疑いやら誇りやら本人は見せまいとしていた感傷癖やらがごっちゃになって空回りしてしまった。自分は人からとても好かれる人間なのだ、結局はそう思うに至ったのだが、まったく喉が締めつけられる思いだった。

ホーマーはまずロワーマンハッタンのブレヴォート・アパートメントの一室を借りた。だが、仕事にはいささか遠かった。ホーマーはほどなく西六十九丁目のムーディ夫妻のもとへ居を移した。

ムーディ夫妻はとても物静かなアメリカ人だった。夫人はぼそぼそとしたしゃべり方で、よほど気をつけて聞かないと言いたいことがわからなかった。ムーディ氏は肩幅の広いがっしりとした男だが、アメリカ中西部出身者にしてはいやにおどおどしていた。世の中をものともしないように見えるけれども、実際のところ、人間に対してはそうはいかないようだった。イギリス人はアメリカ人よりずっと感傷的だと言っても、むろん個々人は違うからそうくっきりとは分けられない。ホーマー青年はこの親切で優しい大男がだんだん好きになっていった。たった一人の女性に十人の男性が奉仕すべきだというアメリカ人にありがちな信条を持つムーディ氏のほうも、青年がさほど顧みられていないことに気づいた。そんなわけで、ホーマーが英国に帰るまでに二人はかつてない友情を培ったのだった。

ホーマー・ブラウンはニューヨークでの生活を楽しんだ。毎日のひと時ひと時が重要だと感じるのが好きだった。忙しいときには、なぜそんなにせかせかしているのかと考えたりしない。喧噪に包まれていると、孤独ぎみの年少組の子供が年長組のパーティに加わったときのような興奮を味わうことができた。そこでは誰もがこれといった理由もなく叫んだり歌ったりしている。

ウィンブルドンの家では午後十時に寝るのが常だった。なのにニューヨークでは、朝の三時や四時まで起きていても翌日はまったく疲れを感じなかった。もっとも、仕事でニューヨークに滞在したのはたかだか三週間だった。船で英国に戻る三日のあいだ、ホーマーは朝も夜もほとんどずっと寝ていた。哀しいことに、ロンドンに帰っても落ち着いた気分にはなれなかった。騒音、忙しさ、冷たいきりっとした空気、さわやかな海の波に乗っているかのようにビルを上り下りする感覚、すべてが恋しかった。ことに寂しく思い出されるのは、自分を歓待してくれた人々の温かさだった。ロンドンでは誰も「お会いできてうれしいです」なんて言ってくれない。「やあ、君か。またいずれ」などという返事があるばかりだ。ロンドンのご婦人方は、面と向かって「なんだか愉快な方ですわね」「ご一緒させていただいて楽しかったです」なんて言ってくれたりはしない。それから、いささか奇妙なことに、ホーマーは大男のムーディ氏がいないことを寂しく思った。男に対してそんな感情を抱くのはついぞないことだった。ホーマーはかなり情のこもった手紙を書いたが、返事は来なかった。アメリカ人というものは事務的な手紙を書く時間しか持ち合わせていないのである。

その後、運よくうまい段取りがつき、ほどなくまたニューヨークに舞い戻れることになった。ある晴れた春の日、ホーマーは再び大西洋を渡った。自由の女神像をしっかりと見据えたホーマーは、ニューヨークへの熱情がこんなにも強かったことに驚いた。到着するや、今回はまず手痛い失望を味わった。ムーディ夫妻がコロラドへ行ってしまっていたのだ。聞いたところでは、夫人の具合が芳しくなく、そのささやかな希望でいちばんの身内であるムーディ氏の郷里に身を寄せているということだった。夫妻の家の近くに住みたいという感傷的な考えを抱いたホーマーは、西六十丁目に二間続きの物件を見つけた。かなり高いところにある部屋で、窓からは左手に解体中の大きなビル、右手にはゆるゆると空へ伸びる別の建物が見えた。ムーディ夫妻がいないとはいえ、むろんニューヨークで孤独というわけではなかった。知り合いはたくさんいたからほぼ毎晩のようにパーティに出かけ、疲れたビジネスマンが浜辺で休日を過ごすように妖しい魅力に浸った。夏が来てもホーマーは英国に戻らず、ニューヨークを離れなかった。ムーディ夫妻はまだ戻ってこない。ある夏の暑い夜、ホーマーはだしぬけに自分が孤独であることに気づいた。開いた窓の前に座り、薄紫にかすむ夜空を眺める。耳に届くのはタクシーの警笛、耳障りな電動ハンマー、軋みながらカタカタと進む高架鉄道、それに原因不明の突発事態の発生を告げる音。その晩はどこにも招かれていず、友人たちはほとんど出払っていた。さて、どうしよう。ホーマーはちょっと外の空気を吸いに出て、足の向くままに任せることにした。

しばらく散歩しているうち、自分がニューヨークで独りぼっちであることに気づいた。とても奇妙な感じだった。いままではついぞそんなことなどなかった。五番街の四十四丁目のあたりで、道を渡る決心がつかなくなった。革紐でつながれた獣めいて自動車やバスが連なり、美しい通りは光の帯のようになっていた。そのさまを眺めていたホーマーは、いまこそ渡らなければならないと思った。だが、足が動かない。信号が変わり、車が流れはじめた。ホーマーを追い越すとき、車はプイと頭をもたげ、舌なめずりをしながらこう言ったかのようだった。「今度は流れのど真ん中で見つけてやりたいもんだ。あんたを空中へほうり上げてから乗っかってやる。いつか前へおびき出してやるからな」すでに述べたように、ホーマーは概して想像力に恵まれないたちだったけれども、たまには何かが呼び覚ますこともあった。燃えるように輝く車の目の集積によって、ホーマーは舗道の囚人と化していた。こうわが身に言い聞かせる。ちょっとぐずぐずしてたからな。あんまり感じのいい晩だし、高い断崖みたいなビルの間を流れる夜空の川に星が出るのを見てたし……。でも、実際はそうではなかった。足がすくんでいたのだ。動かなかったのは、そうする勇気がなかったためだった。ニューヨークは突如として敵意ある危険な存在となった。友人が周りにいたこれまでは、この都市《まち》は優しく、ホーマーがいることをとても喜んでいるように感じられた。しかし、もう優しくはない。ホーマーはきびすを返した。動悸が激しくなっていた。ほどなくブロードウェイに出た。ここはとても愛すべき場所だ。金銀の果実がちりばめられたさまは子供時代の妖精劇を彷彿させる。明るいネオンサイン、紫の泉から流れ落ちる銀色の滝、中空で開き、顫えながら消えていく菫色や薔薇色の大きな花々、深紅に燃えるロープの上で踊り、宙返りをしてスーッと消える奇妙な人影、ホーマーはすべてに賛嘆していた。さらにぞくぞくさせられるのは、街のはるか上に向かって伸び、銀色の灯りが輝く高みに至る建物の群れだった。

こんな妖精の館めく建物はほかに見たことがなかった。

突っ立ったまま見上げていると、先を急ぐ群衆に押されてしまった。べつにむっとはしなかった。みんなこの驚異に満ちたおとぎの国を共有しているのだから。高みから目を下ろしたとき、周りの人々の顔が様変わりしているように感じられた。悲しげで蒼白い気遣わしそうな顔つきだ。こんなことは初めてだった。笑い声はいやに高く、調子が外れているような気がする。甲高い鐘の音が空気をつんざいて鳴り響く。誰もがバラバラに動き、誰かを圧迫しているみたいだ。耳障りな音を立てながら消防車がやってくる。足元の地面が揺れているかのようだった。

何かのショーに入ってしまおう。ホーマーはそう思った。演《だ》し物は何かわからなかったけれども、ほどなくどこかのドアを開け、売り場で切符を買った。係の娘が気乗り薄そうな一《いち》瞥《べつ》をくれ、ホーマーを席に案内した。劇場には友人たちと一緒に何度も足を運んだことがある。いつもみんなで楽しく過ごした。少なくともホーマーはそう思っていた。今回初めて気がついた。アメリカの劇場では幕間の音楽がない。それに、アメリカの観客はお通夜みたいに座っていた。何か不幸を待っているかのようだ。自分の席から壁ぎわまで連なる人々の顔を眺めてみる。まじめな顔、我を忘れている顔、退屈そうな顔。さらに、ここでも気遣わしげな顔が見えた。ロンドンでは、劇場の観客がペチャクチャおしゃべりをしたり、愚かにもチョコレートをむしゃむしゃほお張ったりするのに腹を立ててしばしば注意したものだが、今夜はあの連中が恋しく感じられた。演劇は風変わりなもので、礼儀正しいウィンブルドンの人間の目から見ればいたって猥褻だった。雌豚用の小さな檻に閉じこめられている中国の娼婦たちの話で、白塗りの中国女の顔にはぞっとさせられた。

劇が進行するにつれ、悪夢が募っていった。これはわが夢で、すべての観客が同じ夢を見ているような気がした。みんな自分が創ったように思われる。そんな奇妙な感じは募るばかりだった。目を覚ましたら観客はどうなってしまうのだろう。三幕目にはもっぱらそんなことばかり考えていた。腕を伸ばしてあくびをすると、ウィンブルドンの自宅の寝室で目になじみのあるものに囲まれている。それを眺めながら、煙のように消えた観客たちはどうなってしまったのかと思う。最終幕は、心ならずも娘を殺してしまう母親が主役の風変わりな展開になっていた。ホーマーの悪夢も頂点に達するかのようだった。カタストロフが訪れると悪夢から目覚めてしまう。そんなわけで、ホーマーはまだ劇が終わらないうちに席を立って外に出た。

悪い夢みたいな状態から醒めることを望んだけれども、そういうわけにはいかなかった。光と影がさんざめくブロードウェイを歩いているあいだ、その感覚はずっとホーマーにつきまとっていた。どちらを見ても人々の顔が蒼白く強ばっているように感じられる。誰もが暑い夜に閉口していた。中空に浮かぶ大きな銀色の泉の水は、星のあいだから流れ落ちるかのようだ。そのあざといばかりの光彩を見ているうち、喉が渇いて耐えがたくなった。ホーマーは喫茶店を兼ねたドラッグストアに入り、ソーダ水にパイナップルとアイスクリームを浮かべた一風変わったまずいものを飲んだ。

その後も、完全に悪夢から醒めたような気はしなかった。ホーマーは妹から帰国を急かせる手紙を受け取った。「前は一緒に美しいイギリスの夏を楽しんだでしょう。暑からず寒からず、とてもいい気候です」などと書いてあった。手紙を読んでいるうち、うずくような妙な気分になった。暗くて冷たい小道、野を渡って幽かに響く潮騒、唐突に開く山のくぼみ、小川のほとりの小さな村、そこここで開く薔薇やカーネーション。そんな光景が見えた。むろん帰国するべきだった。もうここにいても仕方がない。本当に今回はとどまる必要がないのだ。友人たちはみなニューヨークを離れている。ほどなくもっとぞっとするような暑さになるだろう。部屋はとても快適というわけではない。それに、このところずっと軽い頭痛がした。ちょっと歪んだ妙な旋律が頭に纏わりついて離れないことがあるけれども、それに似た頭痛だった。もちろんホーマーは帰国すべきだった。でも、そうすることはできなかった。目覚めていても夢を見ているような奇妙な状態に陥っていたからだ。醒めてしまえば次の船で戻れるだろう。ことによると、明日にでも目覚めるかもしれない。

数日後、うだるような暑さの晩になった。まったく風もない。ホーマーは短い眠りから覚めた。心臓がハンマーのように鳴っていた。窓は開けっ放しだったが、少しも涼しくなっていなかった。ベッドに横たわり、上のパジャマをはだけると、体から汗が流れた。パジャマを脱ぎ捨て、冷たいバスを使う。やっと少し人心地がつき、裸のままベッドに横になった。たまさか響く車の短い警笛に紛れ、喉鳴りのような音が聞こえた。誰かがかたわらで安らかに眠っているかのようだ。ごろごろごろごろ……。いや、人間の寝息ではない。都会の夜に付き物の音にすぎない。そう我が身に言い聞かせる。だが、こんな音を前に聞いたことはなかった。しかも、寝息めいたもののあいだに短い不安な音が交じる。誰かが寝返りを打ったような、あるいは、ホーマーの動きに合わせて何かをさっと払いのけたような音だった。真夜中に寝台列車の中で目覚めたときに聞こえる列車の音を彷彿させる。少し旋律を帯びているようだが、連想するのは伸びては縮んでまた伸びる巻き尺だった。眠っているあいだに窓の向こうの静かな通りを誰かがこそこそ歩きだしたのだろう。そんなことを考えているうちにホーマーは眠りに落ちた。

ニューヨークに在住している者なら例外なく気づくに違いない。暑い盛りには、街の住人ががらっと変わってしまったように感じられるのだ。余裕のある人間は街を離れる。だが、南部人、黒人、ラテンアメリカ人といった暑さに慣れた人々は、俺たちの街だと言わんばかりに通りを闊歩していた。連中はこの陽気を手なずけられるのは自分たちだけだというプライドめいたものを持っていた。街を支配でもしているように歩く。ある朝、家を出たとき、ホーマーはがっしりした長身で蜂蜜色の肌の黒人に追い越された。かなりの美男子で、解き放たれた獣のような身のこなしだった。暗い色の地味な服を巨体にまとい、しなやかで軽快な足取りで追い越していく。なぜこの男が気になるのかわからなかった。黒人はホーマーのほうを見なかったのだ。いやに悠然とした態度で通りを歩いて行っただけだった。夕方、またしてもくだんの黒人に出くわした。「きっと近くに住んでいるのだろう」ホーマーはそう思った。さらに、妙な考えが浮かんだ。「裸で暗い森にいたら、みんなあいつを獣だと思うだろうな」

その夜、ホーマーは再び虎の夢を見た。暑さはさほどではないが、湿気の多いむしむしする晩だった。ホーマーはまた素足で刺々しい草の上を歩いていた。そして、以前と同様、不意に恐怖を感じた。燃えるような目が見え、獣の息のむかむかするような臭いを嗅ぎ……。ホーマーはぎょっとして目覚めた。飾り気のない狭い自分の部屋だった。安堵したのも束の間、またしても恐怖に見舞われた。部屋にはまだ獣の息が漂っていたのだ。思い過ごしとは考えられないほど強い臭いだった。ホーマーは起き上がり、部屋じゅうを歩いて嗅ぎ回った。窓辺に凭《よ》って身を乗り出し、きらめく銀河の下の街を眺める。幽かな風が吹いていた。部屋に戻ると、臭いはもう消えていた。翌朝は実際に獣と接触があったかのような心地がした。眠っているあいだに暗い色の大きな獣が部屋じゅうをそっと歩き回った——そんなことはありえない。ホーマーは懸命に我が身に言い聞かせた。そして、とっくりと考えてみた。「このままじゃいけない。あんまり暑いから神経が参ってきてるんだ。すぐイギリスへ発たなければ」

その朝、ホーマーは船会社の代理店へ赴いて来週の船便を予約し、妹に電報を打った。やっと夢から覚めたような心地がした。同時に、イギリスがとても近しいものに感じられてきた。涼しい風、なだらかにうねりながら続く荒れ野、思い出したように現れる小さな森では、アネモネがそこここで花を咲かせている。だが、行きつけの小体《こてい》なイタリア料理店で昼食をとっているとき、ホーマーはまたしてもあの音を聞いた。ドアが開くとき、喉の鳴る音が聞こえたのだ。すぐそばで誰かが息をしているかのようだった。ホーマーは身を顫わせた。誰かがこう囁いたような気がした。「おまえは帰れないぞ。二度と帰国はできないんだ」午後はセントラル・パークに座り、小揺るぎもしない青い水を眺めていた。ムーディが帰ってくればと痛切に思った。「どうも調子が芳しくないな」ホーマーは独り思いに耽った。「まだ半分しか目が覚めていないみたいだ。きっとこの暑さのせいだろう」それから、奇妙なことをした。立ち上がって水べりで遊んでいた子供たちのほうへ行くと、そのうちの一人に何か話しかけたのだ。子供はべつに警戒もせずまじめに答え、水に浮かんでいるボートを指さした。この子供は実在している。でも、夢の一部なのでは？ ウィンブルドンの家の寝室で目覚めたら、この子はどこへ行ってしまうのだろう。ホーマーは恐慌状態で家路についた。表でまたあの巨漢の黒人に追い越された。ホーマーのほうは見ず、着実に前へと歩を進めていた。ホーマーはあわてて家に駆けこんだ。

船が出る時間になったが、ホーマーは行かなかった。妹にはこんな電報を打った。「重要な仕事ができて出発できなくなった。また後日」だが、重要な仕事などまったくなかった。ますます暑くなってきたが、もう慣れてしまった。それに、体力こそ消耗するものの、暑さ自体は好きになった。幽かなえぐみのある強い臭いはどこにでも付きまとうようになったけれども、これまた好むようになっていた。この臭いは前にどこかで嗅いだことがあるような気がする。しばらく考え、ホーマーは思い出した。ロンドン動物園の猿や蛇の檻の臭いだ。同じようにむっとした空気で、えぐみが交じっていた。

うだるような暑さのある午後、部屋に座っていたホーマーはふと思い至った。どこかに動物がいるんだ。この暑さを好む動物がいるに違いない。でも、どうしてここでジャングルの臭いがするのだろう。窓の向こうでは陽光が青空から屋根や舗道に照りつけ、オパール色の薄い金属板を透かしたようになっていた。しばらくその光景を眺めていたホーマーは、動物がいるとすればいったいどこだろうかと考えはじめた。奇妙なことに、この巨大な都市が地下に部屋や通路を持つミツバチの巣のように思われてきた。地下の暗く不気味な部屋は、祝祭用の獣を飼っていた古代ローマの円形闘技場を彷彿させた。ニューヨークじゅうにそういった暗い石造りの部屋があり、野獣が絶えずうろついている。いかにも妙な話だ。寝間着のまま窓辺に座り、ホーマーは想像してみた。獣の群れが通路から通路へと忍び歩く。燃えるような無数の目だけが薄暗い夕闇に浮かび上がる。そしていつの日か一部の獣たちが逃げ出し、不意に街に姿を現すかもしれない。ライオン、虎、ヒョウ、ピューマといった獣たちは、まばゆい光に最初こそ目をくらませているが、じきに慣れて群衆の中に突っこんでいく。黄褐色の頭を持つ大きなライオンは高いビルの入口に道を求める。階段を昇り、事務員や速記者の一群と向かい合う。なんとすばらしいことか。人々は狼狽してビルから通りへ飛び出すだろう。摩天楼のすべての住人がいっせいに飛び出したら、倒れて折り重なる人の高さが五人分になるらしい。この乾いた炎天下に群衆が押し合いへし合いしながらもがくさまが見えるかのようだった。ビルの窓から虎やライオンが見下ろしている。そして、まもなくありつける豪勢な餌を前にゆっくりと舌なめずりをするのだ。

さらに妄想が拡がり、くだんの虎になった。何年も前に夢で見た虎は、いまや通りの下のどこかでホーマーを待ち受けている。そう思うと、喜びにも似た激しい震えが体じゅうに奔《はし》った。何かの映像を断ち切ろうとするかのように、ホーマーは両目を手で覆った。例の獣の臭いが部屋の中でまた濃くなったような気がした。

ちょうど八月が終わるころだった。ムーディ夫妻がニューヨークに戻ってきた。ホーマーは再会を喜んだけれども、ひと月前だったらもっと大喜びしたことだろう。いまはある考え事で頭がいっぱいだった。ムーディ夫妻は動物に気づいていない。街の下の暗い闇を獣たちが徘徊していることを知らない。もし知らせても、馬鹿馬鹿しい話だと思って信じてくれないだろう。そんな隠し事をしていたから、ホーマーはいわくありげでぼうっとしており、以前より打ち解けない印象になっていた。もちろんムーディ夫妻は変化に気づいていて、それについて互いに話をしていた。ムーディ氏はこの小柄なイギリス人に心からの愛情を注いでいた。もっぱら、ホーマーから頼りにされると自分がひとかどの人物になったような気がするせいだ。ただ、ムーディ氏が本当に心優しい男で、人を幸せにしたいと思っているという事情もいくぶんかはあった。心を痛めたムーディ氏は、その意見と判断に全幅の信頼を置いている妻に、何がホーマーに起きたのだろうかとたずねてみた。「ホーマー君はなんだかぼうっとしてるな」妻に向かって言う。「いつも考え事をしてるんだ。あんまり顔色もよくない。たぶん、この暑さに神経が参ってるんだろう。イギリス人には耐えられないんだ。ゆうべホーマー君の部屋にいたとき、臭いがしないかって聞くんだよ。べつに何も感じなかった。そしたら、そのうち気づきますよって言うんだ。それから、地下鉄を怖がってるみたいだな。昨日、おれに地下鉄に乗らないでくれって言ったよ。そう言いながら、目が怯えてるんだ。ありゃぞっとしなかったな。ホーマー君はイギリスに帰ったほうがいいと思うよ」

だが、ホーマーはムーディ夫妻をすっかり色メガネで見るようになっていた。ニューヨークじゅうの人々が重大な危険に気づいていないなんてことがありうるだろうか。ホーマーはどこかの新聞に投稿することが自分の義務かもしれないと思った。しかし、動物たちは居着いて久しいのだから、みんな知っているに違いないと結論づけた。動物の扱いに自信を持っているから案じていないのだろう。でも、ホーマーの場合のように、ある特定の動物が見張って待ち構えていたなら……。あの虎がどこにいるか、いまや正確に把握していた。四十丁目と四十四丁目のあいだ、その地下のどこかに潜んでいる。そこは交通量と人通りが最も密な場所で、ホーマーはニューヨークの魔力に取り憑かれはじめるのだった。グランドセントラル駅に赴き、広々とした輝くフロアに立ったときは、足の下で徘徊する動物の声が聞こえるかのようだった。そのままどんどん地下へ降りていき、ゲートをいくつもくぐってホームに立つ。列車の通過音が響かないとき、あたりがしんと静まり返ったら、忍び足で歩く音や重い体が互いに小競り合いをする音がとてもはっきりと聞こえるかもしれない。

ある日、ホーマーは駅長の許可を得て地下の貨車を見に行った。黒人のポーターを除けば、五分間独りきりになった。沈黙《しじま》のなか、ホーマーは幽かな足音を明瞭に聞いた。ここにはたくさんの獣がいる。数千に上るかもしれない。その中の一匹が群れを前へと押し進めて待ち構えている。その視線は開かれるべき黒い扉に注がれている。どうして他の人々は想像できないのだろう。いつの日か、生き血の滴る大きな赤い肉塊を運んでいる黒人がささいな不注意を起こすだろう。獣の一部はひそかに抜け出して音もなく動き、誰に気づかれることもなく陽の当たる通りに躍り出るだろう。あの虎はことにじっと待ち構えている。巨大な頭と隆々たる筋肉を持つ屈強な獣に違いない。前足のひとかきで頬がパックリと割れるだろう。その血を見た虎は全身をわななかせ、大きなランプと見まがうばかりに瞳を輝かせるだろう。

そして、やにわに飛びかかってくるのだ。

ある晩、ホーマーはムーディにその話をした。べつに話すつもりはなかったのだが、この大男が部屋の厭な臭いに気づかず安閑と座っているのについ苛立ってしまったのだ。ホーマーはまず、いつも通りで追い越される蜂蜜色の大きな黒人について語った。だが、ムーディがいぶかしみもしなかったため、すっかりイライラして一気にしゃべりだした。

「あいつは飼育係なんです。僕には言ってませんけどわかってます。あいつも僕がわかってることは承知してますよ」

「飼育係?」ムーディはたずねた。「何の飼育係だね?」

「何のって、獣の飼育係に決まってるじゃないですか。どこにいても臭いがするでしょう?」

ホーマーはさらに語り続け、どうして人々が怖がらないのかわからないと言った。

「いつか飼育係が目を離した隙に、動物のうちの一匹が抜け出すんです。十分ありうることですよ。あるいは、飼育係に襲いかかって脱走します。何百という獣たちが通りに飛び出すんです。こりゃえらいことになるでしょう。みんな死にたくないから逃げ回ります。まあそんなとこですよ」

ムーディはとても動揺したけれども、おかしくなった友人に接する者の常で、病気の子供に話しかけるようなそっとなだめる口調で応対した。妻に相談したムーディは、日を改めてホーマーをある友人のもとへ連れて行くという結論を得た。ホーマーは何のためらいもなくついてきて、優しげな紳士と二時間にわたって非常に興味深い会話を交わした。いろいろと話しかけたり質問をしたりした知的で物静かな紳士は、ホーマーが何を言っても驚かなかった。例の動物の話を切り出したときも、うなずいてこう答えた。「わかりました。で、最初に気づいたのはいつです？」

ついに物のわかる人物にまみえて喜んだホーマーは、洗いざらいしゃべった。「いいですか。僕はべつに心配はしてないんです。ええ、ちっとも。でも、あの虎だけは少し不安なんですよ。おわかりいただけるでしょうが、あいつがいつでも逃げ出せるかと思うと愉快な気分にはなれません。もしそうなったら、虎はまっすぐこちらに向かってくるでしょうからね。どこに僕がいるか、あいつはわかってるんですから」

「それなら」物静かな小男が言った。「どうしてしばらく帰国してみないんです？　虎はイギリスまで追いかけてこないでしょう」

「ああ、それはですね」ホーマーは曖昧な口調で答えた。「追いかけてこないという確信が持てないからですよ。それに、臆病者のやることだと思いません？　それから、あいつを挑発するようなまねはちょっと剣呑だと思うんです。僕が怖がってるということを虎に知らせたくありません」そう言うと、ホーマーは束の間激しく身を顫わせた。

親切な友人は子供時代についてたくさん質問した。まだ年端のいかないころ、動物園に連れられて行き、そこで虎を見なかったか。ホーマーはうなずいた。もちろん、そのとおりだったからだ。子供のころに虎の絵を見なかったか。これまた図星だった。でも、いったいどういう関係があるのだろう。小男は、もちろん何の関係もない、ただ興味があったから質問したまでだと答えた。これからもちょくちょく来るようにと言われた。ホーマーは承諾したけれども、そうしなければならない必然性はやはり感じなかった。くだんの男は終始きわめて穏やかな態度で接した。ある日目覚めたとき、男は自分の失敗に気づくことになる。

九月の初めは、とても蒸し暑い日が続いた。アメリカでいちばんつらい時季だろう。ちょっと散歩に出ただけですぐ汗まみれになってしまう。街はホーマーの想像の産物であるジャングルの空気すら漂わせていた。交通《トラフィック》はいまや恐怖《テリフィック》と化していた。五番街を南へ向かう車の群れはすし詰め状態だった。信号が変わるとわずかに空いたスペースへ殺到し、またブレーキをかけてその場にうずくまる。

ある夕方のことだった。夕闇のなか家路を急いでいたホーマーは、ふと目を上げて通りを見た。何百という輝く瞳が見えた。その瞬間、心臓の鼓動が激しくなった。ついにこのときがやって来たのだ。獣たちは逃げ出してしまった。むろん、車のライトだということはすぐにわかった。でも、それだけだろうか。あいつらは生きていて、自らの意思で動いているんじゃなかろうか。獣たちと結託しており、その命令のもとに動いている。そしていつの日か、命令一下、車は不意に魔手を伸ばす。光り輝く金属の大軍団となり、無力な人間たちは顫えながら逃げ惑う群衆と化す。そのとき、獣たちは解放されるのだ。

これはたぶん妄想だろう。だが、部屋に戻ったホーマーは、だしぬけにはっきりと悟った。あの虎は解き放たれている。なぜそう悟ったのかはわからないが、確信があった。いったいどうすればいいのだろう。とにかく逃げなければ。恐ろしさに身震いしながら、同時に獣にまみえてみたいとも思った。忌まわしくも魅了されるような感じにホーマーはとらわれていた。こんな想像をしてみる。灯りがぱらぱらともっているだけの暗い側道を歩いている。頭上では高架鉄道の音が響き、地面が幽かに揺れている。そして角を曲がると、そこには虎がいるのだ。ベッドに座ったまま、ホーマーはまんじりともしなかった。自分は何をすべきなのだろうか。三時ごろ、奇妙な衝動が生まれた。ドアの前に椅子を二つ置き、ベッドを引きずり、バリケードを築く。昼になったら銃を買わなければならない。でも、それが役に立つのだろうか。銃のことは何も知らないし、手に入れたところで役には立たないだろう。あの虎を傷つける銃なんてあるはずがない。運命は定まっている。逃げることはできないのだ。

朝になるとムーディがやってきた。とても機嫌よく部屋に入って言う。「おい、どうした。着替えないのか？　シャワーを浴びてからみんなで食事しようよ。調子がよくないみたいだな。カミさんがちょっと一緒に過ごそうって言ってるんだ。君も愉快にやりたいだろう」

礼は言ったものの、ホーマーは首を横に振った。とてもありがたいが、いまは取りこんでいる。一両日中に行きます。ムーディはあと少し話しかけたが、ホーマーの顔つきに動揺したらしく、そのまま部屋を出て行った。

夕方、ホーマーは着替えて外出した。まずは五番街を歩く。交通量が増すにつれ、当惑するような興奮で胸苦しくなった。もう間違いない。虎はすぐ近くにいる。よほど近いどこかの脇道に潜んでいるはずだ。獣の数は多いから、一匹逃げ出したところで飼育係は気づかないだろう。暗い脇道か袋小路で虎は待ち受けている。壁ぎわの暗がりにうずくまっている。一歩進むたびに、いやおうなく近づいてしまう。ホーマーはもう怖がっていなかった。激しい感情の高ぶりに身をゆだねているだけだった。人生における至高の瞬間がついに訪れるのだ。

いやに腹がすいた。そういえば、ここ数日間ほとんど物を食べていない。ホーマーは小さなイタリア料理店に入ると、隅の席に座った。その店では一ドルで結構な食事ができた。前菜、ミネストローネ、スパゲティ、ブロッコリー、どれをとっても一ドルだった。近くの大きなテーブルには二十人くらいが陣取って食事をしていた。笑いながら大声で冗談を言っている。向こうの隅ではヴァイオリンとピアノが陽気な音楽を奏でていた。ミネストローネはなかなかのものだった。あつあつで味が濃い。ホーマーはウエイターに話しかけ、ニューヨークは好きかとたずねた。ウエイターはこの街が大好きだった。「ここは正真正銘の都会ですよ。いつだって何か動いてますからね。お金だってそうです。大金が動いてますよ。つかむ手段はそこらじゅうに転がってます」ホーマーは危うくこう答えそうになった。「なるほど。でも、いつかあの獣たちが解き放たれたら、いったいどこへ逃げるんだ?」だが、口には出さなかった。不作法のような気がして言葉を呑みこんだのだ。ホーマーは座ったまま陽気な夕べの宴を見ていた。連中に心配事は何もないように見える。あいつらのところに歩み寄り、ビロードの四肢をもつ大きな虎が通りで待ち受けていると言ったらどうするだろうか。信じないかもしれない。自分は阿呆に見えてしまうことだろう。いずれにしても、これはニューヨークではあえて誰も切り出さないことの一つだ。

ややあって、ホーマーは支払いを済ませて外に出た。夜は狂乱の地と化す通りを歩く。頭上で列車が耳障りな音を立てる。通りの右側はライトアップされており、暗い船室めいて連なる車の影を浮かび上がらせている。そしてまた不意に激しいライトが放たれる。列車が騒音とともにやってくる。支えのある梁や絡み合う石組みの森から出てきたかのようだ。人々はみな急いでいた。ここが危険な場所で、一瞬たりとも立ち止まってはいけないと心得ているかのように。

ひとつ深呼吸をすると、ホーマーは通りの中央に足を踏み出した。ドラッグストアのまばゆい灯りが後方へ去る。過去の人生におけるすべてのことが一つの輪となって集まり、だしぬけに浮かんだような気がした。そして、すぐさまホーマーは悟った。ついにその瞬間がやってきたことを。

あいつと向かい合っている。反対側の暗い脇道の出口に虎がうずくまっていた。通りは暗いのに、虎の体の隅々まで見えた。大きな猫みたいだった。美しい色合いの縞が走っている。ホーマーが想像したとおり、瞳は爛々と燃えていた。頭がゆるゆると左右に揺れている。それを見たとき、恐怖がホーマーの身ぬちを貫いた。きびすを返し、通りの真ん中で叫ぶ。まさにその瞬間、虎が跳びかかった。巨大な体が覆いかぶさる。ホーマーは苦痛を伴う激しい一撃を感じた。そして、闇の底へと沈んでいった。

群衆が集まってきた。ホーマーの体はタクシーの下から引きずり出された。運転手がべらべら弁明を始めた。自分の責任ではない。ライトに目がくらんだみたいで、この人はまっすぐ飛び出してきたんだ。あっと言う間でどうすることもできなかった。警官がメモを取り、救急車が呼ばれた。

その晩、ムーディ夫妻は事故の知らせを聞いた。他人に責任はないようだった。通りを横切っているときにホーマーは躊躇し、引き返そうとしてタクシーに撥ねられたのだ。

翌朝三時ごろ、幽かな顫えを感じて目覚めたムーディは、逡巡してから妻を起こした。哀れなイギリスの青年について語る。「こんな暑い時分にいたからな。耐えられなくなっちまったんだろう。それから妙なのは、ホーマー君がこんな妄想を抱いてたことだよ。あいつ、何か獣に追われてるって思いこんでたんだ」横になったムーディはいたく不安を感じた。

「ニューヨークはだんだん変なとこになってきてるな」夫は言った。「その気になったら何でも妄想になるさ。例えば、車の往来もそうだな。夜にはときどき獣みたいに見える」ムーディは体の向きを変え、妻の手を取った。「ちょっと閉めるか。何か臭わないかい？　獣みたいな臭いだ」「臭いですって？　全然感じませんけど、あなた」夫人はそう答えた。「思い過ごしだな」と、ムーディ。「妙だよな、この街がいつか野生に戻ったりしたら」

ムーディ夫人は分別のある女性だったから、馬鹿げた妄想には取り合わなかった。夫の肩を軽く叩き、ほどなく眠りに落ちた。だが、ムーディは横になったままじっと闇を見つめていた。

雪

The Snow

ライダー氏の二度目の若い妻は、容易なことでは怖がったりしない女だった。だが、いまは夕闇迫る廊下に佇んでいる。壁にもたれ、手を胸にやり、灰色に曇る窓を見ている。灯火に照らされた窓の向こうでは、雪が間断なく降りしきっていた。

書斎からダイニング・ルームに至る廊下だった。窓からは舗装された小径《こみち》が見える。それは大聖堂の芝生に続いていた。舗道を見下ろしながら、ライダー夫人は思い惑っていた。あそこにいるのはあの女ではないだろうか。馬鹿な。いるはずがない。でも、それならあれはいったい何だろう。はっきりと見えるのだ。古い型のグレイのコート、束ねていない灰色の髪、血の気のないこけた頬と尖った顎。そして、裾が地面にまで垂れ下がった長い灰色のドレス、白い手で光る金色の指輪。いや、そんなはずはない。絶対にありえない。頭がおかしくなってしまったのだ。あそこには誰もいない。きっとあれは幻覚……。

幽《かす》かな声が響いたような気がした。「警告するわ。これが最後……」

馬鹿な。いったいどこまで想像をたくましくするつもりなのか。家の中のささいな物音、どこかの蛇口から水が流れる音、台所で響く小さな声、そういったものが交じり合って幻聴になるのだ。

「これが最後……」

恐怖は真に迫っていた。ふだんは何事にも怯えることがない。若くて頑健、スポーツと狩猟と射撃を好み、どんな危険も顧みない。そんな女なのだ。だが、いまは違う。恐怖で完全に身が強ばっていた。動けない。ダイニング・ルームへ至り、光と暖かさに包まれて安心したいのに、廊下を進むことができない。雪はずっと絶えまなくふりそそいでいる。何か隠された目的を持っているかのように、青白いランプの窓灯りの中を秘めやかに、そこはかとなく邪悪に降りしきっている。

不意に玄関ホールで音が響いた。ドアが開き、足音が聞こえ、ひと呼吸おいて澄みきった美しい声が響いた。「グッドキング、ウェンセスラス……」耳になじんだクリスマス・キャロルだった。大聖堂の聖歌隊の少年たちだ。今夜はクリスマス・イヴ、恒例の巡回に訪れたのだ。聖歌隊は毎年この時間にやってくる。

心の底から安堵して、夫人はきびすを返し、玄関ホールに向かった。同時に、夫が書斎から出てきた。夫妻は並んで佇み、コートにマフラーといういで立ちで一生懸命歌っている聖歌隊に微笑みかけた。古い家は少年たちの歌声で満たされた。

暖かさと来客で人心地がつき、恐怖が失せた。思い過ごしだったに違いない。このところ、夫人の調子は芳しくなかった。むやみに怒りっぽくなっていた。バーナード老医師は役に立たない。まったく理解してくれないのだ。クリスマスが終われば、ロンドンへ行ってもっといい医者に診察してもらうつもりだった。

調子がいいのなら、半時間前にあんなつらい精神状態にはなっていないはずだ。何事もなかったのだから。ただの思い過ごしであることはわかっていた。でも、そうとわかっていてもいっこうに安心はできなかった。神経の発作が治まると、夫人は自分に言い聞かせた。もう二度とあんなことは起こらないと。なのに、ハーバートはいらいらさせることを言った。愚にもつかない馬鹿げた考えから生まれた言葉だ。おかげで元の木阿弥になってしまった。

いまは階段の下で夫のかたわらに立っていた。夫の考えは改まっていない。それがはっきりとわかった。半時間前、確かに自分は個人的なひどいことを言った。べつにそんなつもりはなかったのだ。夫は言われるがままにおとなしくしていた。もしそんな態度ではなく、売り言葉に買い言葉を返していたら、こんなにイライラすることはなかっただろう。夫人はそう確信していた。下手に出るような態度であんな非難がましいことを言われたら、誰だって苛立たしい気分になるに違いない。「エリナーはもっと僕のことをわかってくれたんだけどね」最初の妻を引き合いに出して二度目の妻を非難する。男として最も陰湿なやり方ではないだろうか。それに、エリナーは疲れきった年配の女性で、明るくて陽気な自分とは正反対だった。明るくて陽気で若かったからこそ、ハーバートは自分を愛したのではなかったか。エリナーが献身的だったのは事実だ。ハーバートのためだけに生き、存在全体を包みこんでいた。周りにいた者たちはその献身ぶりを忘れないだろう。しかし、それはハーバートに対してだけで、ほかの者にはいたって不躾《ぶしつけ》で冷淡だった。

夫人はといえば、誰かにべたべた尽くす昔風のやり方はできなかった。そんなものは柄じゃない。ハーバートもわかっていたはずだ。あんなことを言うまでは。

それでも、自分なりに夫を愛していた。きっとハーバートもわかってくれている。だから、感情を爆発させたときもさほど気にはとめなかったはずだ。とにかく、具合がよくない。ロンドンの医者に診てもらわなければ……。

少年たちは合唱を終えた。まずまず立派な出来だった。そして、羽の生えた鳥のようにそそくさと再び雪の中へ出て行った。夫妻は書斎に向かい、大きな暖炉の火のそばに佇んだ。

夫人が手を上げ、夫のほっそりしたきれいな頬を撫でる。

「ごめんなさい、怒ったりして。あんなこと言うつもりじゃなかったの」

ハーバートはいつものようにキスしてくれなかった。「気にしなくていいよ」とも言ってくれなかった。まっすぐ前を見てこう答えた。

「アリス、もういいかげんにしてくれよ。グサッとくるんだから。君が思ってるよりずっと。それに、だんだんひどくなってる。うんざりだよ。理由はわからないし、そんなものはないと思うがね」

ふだんなら仲直りしてやさしい言葉をかけてくれるのに。夫人は苛立つ思いだった。少し後ろに下がって答える。

「わかったわ。ごめんなさいって言ったじゃないの。もうしないから」

「でも、いいか」夫はなおも言った。「理由を知りたいんだ。どうして君はそんなにすぐ怒ったりするんだ？　わけがわからないんだよ」

怒りが募りそうになった。夫の優柔不断でいて執拗なところに腹が立ったのだ。だがそのとき、奇妙な名状しがたい恐怖が怒りを抑えた。誰かにこう囁かれたような気がしたのだ。

「警告するわ。これが最後……」

「全部あたしが悪いってわけじゃないでしょ」そう言い残し、夫人は部屋を出て行った。

冷たい玄関ホールに佇み、さてどこへ行こうかと考えた。雪が降りしきる外は顫えるような寒さだろう。夫人は雪も冬も嫌いだった。ただ寒いばかりの陰気な英国の冬は果てしなく続き、やっと終わったと思ったらじめじめした鬱陶しい春がやってくる。

今日はずっと雪だった。ポルチェスターでこんなにひどい雪は珍しい。ここ数年で最も厳しい冬だった。

余裕はあるのだから避寒に出かけましょう。ハーバートにそう言っても、返事はにべもなかった。自分はこの狭苦しくて活気のない大聖堂の町にこの上ない愛着を抱いていると言うのだ。夫にとって大聖堂は尊いものなのだろう。毎日見に行かないと心穏やかでいられないのだから。あたしより大聖堂のことばかり考えてるんじゃないかしら。夫人はそう思ったものだ。エリナーも同じ人種だった。大聖堂に関するささやかな本まで書いていた。黒僧正の墓、ステンドグラスなどについて綴った本だった。

いったいあの大聖堂がどうしたというのだろう。ただの建物ではないか。

客間に佇み、夫人は外を眺めた。陰気な雪が影のように大聖堂に降り積もっている。ハーバートは空飛ぶ船みたいだと言うが、夫人の目には舌なめずりをしながらうずくまっている獣のように見えた。哀れな罪人《つみびと》たちをいつまでもむさぼり食い続ける獣……。

顫えながら雪を見ているうち、いつしか神経が亢《たか》ぶり、厭な感じが募った。息が詰まってしまいそうだ。暖炉で火の燃える明るくて心地いい客間が、だしぬけに雪の中へと開いたかのようだった。天井、壁、窓、いたるところに罅《ひび》割れができる。そこから雪が染みこみ、壁を濡らしながら伝い、床のカーペットにはもう水たまりが……。

もちろん思い過ごしだ。だが実際、部屋はぞっとするほど寒かった。暖炉の火はあかあかと燃えており、家でいちばん居心地のいい部屋のはずなのに。

そして、夫人は振り向いた。戸口に人が立っていた。今度ばかりは目の錯覚ではなかった。灰色の影だが、形と輪郭は定まっていた。束ねていない灰色の髪、月あかりに照らされた木の葉のような蒼白い顔、裾の長い灰色の衣装。執念深い、悪意に満ちた、いまにも襲ってきそうな姿勢。

動くと影は消えた。誰もいない。部屋はまた暖かくなった。暑いほどだったけれども、ライダー夫人は顫えていた。若さが失われてしまうことを除けば何事にもついぞ怯えたためしがなかったのに、ガタガタと顫えていた。椅子に腰を下ろしても止まらない。ひじ掛けをぐっと手でつかむ。

あれは想像の産物だった。エリナーが自分を憎み、自分もまたエリナーを憎んでいたから見えたのだ。実際に顔を合わせたことはない。でも、心霊主義者《スピリチュアリスト》の考えは正しいかもしれないではないか。エリナーの霊魂がハーバートの愛情に嫉妬して二人の仲を裂こうとし、神経をかき乱して愛を失わせようと企んでいる。そんなことはありうるかもしれないのだ。夫人の思索は長く続かなかった。また恐怖に駆られたのだ。手術の前に感じるような、はっきりとした否定しがたい恐怖だった。誰かが、何かがわたしを脅《おびや》かそうとしている。夫人は椅子をしっかりとつかんだ。その手を放せば大惨事に巻きこまれてしまうみたいに。周りのいたるところに目を走らせる。絵、書物、小さなテーブル、ピアノ、目になじんだものはすべて様変わりしていた。それぞれが孤立し、よそよそしい敵意を帯びていた。何か邪悪な力によって打ち負かされてしまったかのようだ。

ハーバートが来て護ってくれたら……この上なく優しくできるのに。もう二度と神経を亢ぶらせたりはしない。夫人がそう思った瞬間、冷たい声が囁いた。耳の中で響いたような気がした。「はかない望みね。もう終わりよ……」

ようやく勇を鼓し、夫人は椅子から立ち上がった。部屋を横切り、夕食の着替えのために二階へ上がった。寝室に入ると、再び勇気が満ちた。心底寒く、カーテンの間から見える雪はいっそう激しく降りしきっていた。しかし、温かい湯に浸かり、暖炉の火の前に座ると人心地がついた。

ここ数カ月というもの、敵意を持った誰かにつきまとわれて見張られているという厭な感じは募るばかりだった。ハーバートがこう言ったせいもあるだろう。エリナーはひとたび誰かを愛すると独占して放そうとしない女で、骨の髄まで貞節だった。さらに、その執拗なまでの忠誠心は、ときにはちょっと厄介なほどだった。

「あいつはつねづね言ってたよ」あるおり、ハーバートはこう言い添えた。「あの世でまた一緒になるまで、わたし、あなたのことを見張ってますからね。哀れなエリナーはそう言うんだ」夫はため息をついた。「あいつは非の打ちどころがないほど信心深くてね。おれなんかよりずっと」

ライダー夫人が例の幻覚や敵意のある誰かがすぐ近くにいるというぞっとする厭な感じを味わうのは、決まって癇癪を起こしたあとだった。だが、実際に姿を見て、それが日増しにはっきりしてくると感じるようになったのは、つい先週のことだった。

むろん神経のせいだろう。この神経の病は自力で脱却しなければ実に厄介なことになってしまう。目になじんだ暖かい寝室で安らぎを得たライダー夫人は、今後はあらゆるものが楽しく愉快であるはずだと自分に言い聞かせた。もう決して神経を乱したりはしない。諸悪の根源は神経なのだ。

ハーバートがちょっと癇に触ると言っても、どこの夫にもあることではないだろうか。それに、今夜はクリスマス・イヴだ。万人に慈悲と安らぎが与えられる。ならば、ハーバートにも！

夫妻は小ぎれいなダイニング・ルームに向かい合って座った。中国の木版画が掛かっている。テーブルは仄《ほの》かに光り、暖炉の灯りを受けて琥珀色のカーテンが深い色合いを見せていた。

だが、ハーバートはいつもの姿ではなかった。午後のいさかいについてまだくよくよと考えこんでいるらしい。まったく男は子供みたいだ。なんて度しがたい子供だろう。

メイドが部屋から出ていくと、夫人はハーバートのもとへ歩み寄り、身をかがめて額にキスした。

「ダーリン……まだ機嫌が悪いのね。だめよ、ほんとに。だってクリスマスじゃないの。あたしも許しますから、あなたも許してちょうだい」

「許す？」ハーバートは最も癪に障る感じで夫人を見ながらたずねた。「おれのどこが許してもらわなきゃならないんだ？」

あんまりな言いようだった。手順を尽くしたのにプライドを傷つけられてしまった。

席に戻った夫人は、しばらく何も答えなかった。メイドが戻ってきたからだ。再び二人きりになると、ぐっと自分を抑えて言った。

「ねえあなた、そんなにすねて何かいいことでもあるの？　あなたらしくないわよ、ほんとに」

夫は静かに答えた。

「すねる？　それは正しい言い方じゃないな。でも、これ以上はやめとくよ。余計なことを言ってしまいそうだから」そして、ひと呼吸おき、低い声で自分に言い聞かせるように言った。「ひどいもんだね、ずっとケンカばかりで」

また神経が亢ぶってきた。本来の自分とはまるで違う人格になってしまったかのようだった。見知らぬ他人だが、とても古くからの友人でもあるような人格に。

「勝手な言い方はやめてよ」夫人は答えた。声が少し顫えていた。「ケンカの責任はみんなあたしにあるって言うの？」

「エリナーとは一度もケンカしなかった」あまりにも静かな言い方だったから、辛うじて夫人の耳に届いた。

「そりゃそうでしょうよ！　エリナーはあなたを完璧だと思ってたんだから。崇拝してたの。あたし、何度も聞かされたけど。あたしはそんなこと思ってませんからね。自分だって完璧じゃない。どちらにも悪いところはあるの。どうしてあたしだけ一方的に責められるのよ」

「別れたほうがいいな」夫は不意に顔を上げた。「もうやっていけない。昔とは違う。なんでこうなっちまったかはわからないがな。とにかく、この調子なら別れたほうがいい」

夫人は夫を見た。同時に悟った。以前にも増して夫を愛していることを。だが、愛すれば愛するほど傷つけたくなってしまう。夫は自分なしでもやっていけると思うと言ったことがある。あんまり腹が立ったから、慎重にならなければという気持ちはすっかり失せてしまった。愛情と怒りは表裏一体なのだ。怒れば怒るほど愛情は募る。

「どうして別れたがるのかわかってるわ」夫人は言った。「どこかの女と恋に落ちてるからよ（「気でも狂ったの？」内なる誰かが囁く。「何を言ってるかわかってるのかしら」）。好きなようにあたしを扱ってから捨てるつもりね」

「そんな女はいないさ」夫は落ち着いた口調で答えた。「おまえもわかってるだろう。でもな、一緒にいるとこんなにみじめになるんだから、続けるのは馬鹿げてる。そう、馬鹿げてる……すべては失敗だったんだ」

不幸に満ちた、あまりにも苦い声だった。おかげで悟った。とうとう自分はやり過ぎてしまったのだ。夫を失ってしまった。もちろんそのつもりではなかった。夫人は怯えた。恐怖が怒りを募らせる。夫人は夫のもとへ歩み寄った。

「いいわ、それなら……みんなに言ってやるから、あなたのこと……あたしをどう扱ったか」

「時をわきまえろよ」夫はうんざりしたように答えた。「もういいかげんにしてくれ。考えてみろ。明日はクリスマスなんだぞ」

実にみじめったらしい言い方だった。怒りで目がくらむ。もう耐えられなかった。夫は自分にどうしようもない失望感を抱いている。二人で暮らした日々も、何もかもが厭になった。怒りが爆発した。感情の赴くままに夫人は夫を叩いた。まるで自分を叩いたかのようだった。夫は立ち上がり、ひと言も発せずに部屋を去った。ややあって、玄関扉が閉まる音が響いた。夫は家を出て行ったのだ。

夫人はその場に佇んでいた。おもむろに理性が戻ってくる。我を忘れていたときは、水の下に沈んでいたかのようだった。すべてが終わり、夫人は再び水面に顔を覗かせた。いったいどこで何をしていたのだろう。しばらく当惑しながら突っ立っていた夫人は、不意に二つのことに気づいた。部屋がひどく寒い。そして、誰かが部屋にいる。

今度は周りを見る必要はなかった。夫人は振り向きもしなかった。カーテンの引かれた窓をまっすぐじっと見つめていた。未来を透視しようとするかのように、深い琥珀色の襞や金と白の刺繍に注意深い視線を注いだ。その向こうでは雪が降り続いている。

振り返らなくてもわかった。夫人は戦慄とともに悟った。ここ数週間、ゆるゆると接近してきた灰色の影は、すぐそばにまで至っている。声がはっきりと聞こえた。「警告するわ。これが最後よ」

その瞬間、執事のオンズローが入ってきた。太った赤ら顔の男で、教会音楽を好むとても忠実な執事だった。独身で女には失望しているらしい。リヴァプールに老いた母がおり、いたく愛着を抱いていた。

執事が入ってきたとき、不意に腑《ふ》に落ちた。一連の出来事が何だったかわかった。夫人はそばに立つ灰色の影を執事も見てくれていればと思った。だが、オンズローは泰然自若としていた。堅苦しい執事の衣装を慎重にまとっているばかりだった。

「ミスター・ライダーは出て行きました」夫人は堅い口調で言った。そう、きっと執事も見ているに違いない。何か感じているはずだ。

「さようですね、奥さま」ややもったいぶったような笑みを浮かべて執事が続ける。「大変な雪でございますね。ここいらでは見たことがないほどひどい雪です。客間の火を強くしておきましょうか」

「いえ、いいわ。でも、ミスター・ライダーの書斎は……」

「かしこまりました。このお部屋は大変暖こうございますから、客間にいらっしゃったら寒く感じられるのではないかと思っただけでして」

この部屋が暖かい？　頭から爪先までこんなに寒くて顫えているのに。でも、実際にこの目で見なければどうにか持ちこたえられる。夫人は執事にとどまってほしかった。ここにいてと懇願しようかと思った。だが、オンズローはすぐさま去った。後ろ手に静かにドアを閉めて。

抵抗しなければ。夫人はそんな狂気じみた気持ちに襲われた。しかし、動くことができなかった。床に根が生えたかのようだった。声を限りに叫んでみようとした。家じゅうに響きわたる悲鳴を上げようとした。だが、漏れたのは弱々しいかすれた声だけだった。その瞬間、冷たい手が触れた。

夫人は振り向かなかった。すべての人格、これまでの人生、乏しい勇気、ずたずたになった精神、あらゆるものを結集して対抗した。死が近づいてくるという感覚に。ある種の匂い、さもなくば時報の鈴のように、その感覚はまぎれもないものだった。死が近づいてくる夢は過去に何度も見た。いつもこんな感じだった。心臓がひどく締めつけられ、四肢が麻痺し、息苦しい災厄の予感に感覚が鈍磨していく。

「警告したわよ」再び何かが告げた。

わかっていた。振り向いたら見てしまうだろう。強ばった、白い、憐れむようなエリナーの顔を。あの女はずっと自分を憎んでいた。邪悪な嫉妬を抱き、哀れなハーバートから遠ざけようとしてきたのだ。

それならこちらも……そんな思いが夫人を解放させたかのようだった。ふと気づくと体が動き、四肢も自由になっていた。

夫人は部屋を出た。扉を開き、廊下を走り、玄関ホールに至った。安全な場所はどこだろう。大聖堂が思い浮かんだ。今夜はキャロルサービスがある。夫人は玄関扉を開けて外へ走り出た。すぐさま激しい雪に巻きこまれ、体が覆いつくされる。

大聖堂の入口に向かって芝生を横切りはじめた。薄い黒靴が雪に沈む。髪も目も鼻も口も、剝き出しの首も胸の谷間も、すべてが雪にまみれた。

「助けて！　誰か、助けて！」そう叫びたかった。だが、雪で窒息して声が出ない。光が渦巻く。大聖堂は巨大な黒い鷲のように聳えていた。こちらへ飛びかかってきそうだ。

夫人は前のめりに倒れた。その瞬間、誰かの手が触った。それは雪よりもはるかに冷たかった。首筋をつかむ。夫人は雪の中でもがいた。肉のない二本の氷のような手が喉を絞める。

夫人は最後に感じた。硬い手に嵌められた指輪が首に押しつけられるのを。そして、動かなくなった。顔が沈む。激しい雪は仮借なく降りしきり、夫人の体を埋めつくした。

ちいさな幽霊

The Little Ghost

I

幽霊？　トラスコットがいるテーブルを見ていた私は、その言葉をあいつの心に刻みつけてやりたいとだしぬけに思った。これまでのトラスコットは、どんな打ち明け事をされようと似たような調子だった。まったく平然としている。劇的な事件や悲哀、何を聞こうがいたって恬淡としたものだった。しかし、今夜に限ってはいつもより無関心ではなかった。どれもこれも馬鹿馬鹿しいと思いつつも、心霊主義や降霊会などの会話にも加わってきた。私は不意に、トラスコットの瞳の中に何か水を向けるような光を見た。あるいは見たような気がした。そこで、内心こう考えた。「そういえば、トラスコットと知り合ってかれこれ二十年になるけど、私はほんのこれっぽっちも本当の自分を見せたことがないな。手垢のついたシリーズ物を書いてヨットを買うことくらいしか関心がない、金を稼ぐ機械みたいに思ってるんだろう、あいつは」

そんなわけで、私はトラスコットにこの話を披露した。語り終えるまでに夜が更けてしまったけれども、トラスコットはちゃんと集中して聞いてくれた。だが、話のどこをとっても心を動かされた様子はなかった。言うまでもなく、幽霊話においては何より細部が肝要になる。でも、これは本当に幽霊話なのだろうか。そもそも物語になっているのか。具体的な背景は事実なのかどうか。この話を聞かせたのは後にも先にもトラスコットだけだ。私が語り終わったとき、あいつは何も感想を述べなかった。

あの出来事が起きたのは、世界大戦のはるか前のことだった。当時の私は結婚して五年目くらい、いたって羽振りのいいジャーナリストで、二人の子供を得てウィンブルドンの小ぎれいな家に住んでいた。

突然、いちばんの友人が亡くなった。友人関係というのはごくありふれたものだと多かれ少なかれ思われているのだろうが、友を亡くしたら人生がすっかり様変わりしてしまうような関係もある。たいていのイギリス人、アメリカ人、北欧人は理解してくれるだろうし、フランス人、イタリア人、スペイン人といった南の人々でも、なかにはわかってくれる人もいるはずだ。

私の場合が風変わりだったのは、亡くなった友と知り合ってたかだか四、五年しか経っていなかったことだ。これまでたくさんの友人関係を結んできた。もっと長い期間にわたるものもある。だが、その友との関係は、濃さといい幸福度といい何物にも替えがたいものだった。

もう一つ、ボンドと知り合ったのが結婚のほんの数カ月前だったということも奇妙だった。当時の私は妻と熱烈な恋に落ちており、結婚で頭がいっぱいでほかのことを考える余裕などなかったはずなのだ。ボンドに会ったのはごく自然な成り行きで、場所は誰かの家だった。ボンドは骨太で肩幅が広く、うっすらと灰色に染まりかけた髪を短く刈りこんだ男で、容易なことでは笑わなかった。出会いも親交の深まり方も自然だった。最後の最後まで自然の成り行きで事が運んだと言えるかもしれない。結婚して一年ほど経ったある日、妻が私にこう言った。「ねえ、あなた、チャーリー・ボンドのことを誰よりも気にかけてるわよね」こちらが面食らうような鋭いことをだしぬけに言う。ご婦人にはたまにある言い方だった。ずいぶん驚いたけれども、もちろん私は一笑に付した。ボンドとは頻繁に会った。わが家へしばしばやって来たのだ。ほかの女房族よりずっと賢い妻は、私が交友関係を拡げるのを歓迎していた。それに、妻もチャーリーのことをとても好いていた。あの男を嫌う人間がいたとは思えない。なかにはチャーリーに嫉妬を覚えるやつもいた。ただの知り合いのなかには、あいつはうぬぼれが強いと言う男もいた。女性はといえば、チャーリーが何事も手を借りずに易々とやってのけるのでたまにはむっとすることもあった。しかし、本当の敵は誰ひとりとしていなかったと思う。

どうしてそういうことになったのだろうか。性格がよくて人を羨むこととは無縁、飾り気がなくユーモアを解し、細かいことは気にしない。常識があって男らしく、柔軟な知性にあふれている。そういった要素がきわめて魅力的な人格を作り上げていた。ふだんの交友関係のなかでことさら目立っていたかどうかは疑問だ。チャーリーはとても物静かで、そのウイットやユーモアは親密になってこそ最大限に発揮されるものだった。

私は目立つほうで、チャーリーはいつもこちらを立ててくれた。私にはちょっとパトロン気どりのところもあったと思う。さらに、心の奥底では、私みたいな優秀な友人がいて幸運だろうと思っていたような気がする。でも、チャーリーは恨むそぶりも見せなかった。いまではわかる。そういった罪や虚栄心や非常識も含め、ほかの誰よりも私のことをわかってくれていたのだ。妻よりも深く。だからこそ、死ぬまで私はチャーリーがいないことを心の底から寂しく思い続けるに違いない。

とはいえ、われわれがいかに親密だったか、チャーリーが死んで初めて気づかされたのだった。十一月のある日、チャーリーはずぶ濡れでアパートに戻り、着替えをせずに寝て風邪を引いた。おかげで肺炎になり、三日後に亡くなってしまった。その週、ちょうど私はパリにいて不在だった。帰宅したとき、戸口で妻から何が起きたか聞かされた。最初はとても信じられなかった。一週間前に会ったときは申し分なく健康だったのだ。日に焼けたちょっと無骨な顔、澄んだ瞳、どこにも脂肪のない体、千年も生きそうな雰囲気だった。半月ほど経ち、私はやっとあれは実際に起きた出来事だと認識した。同時に、失ったものの大きさに気づいた。

むろん、チャーリーの不在は寂しかった。わけもなくみじめで不機嫌だった。なぜいつも最良の人物が召されてほかの人間が残るのだろう。そう人生を呪いたかった。だが、私はまだ気づいていなかった。パリから帰った日が人生の分かれ目で、その後の日々が様変わりしてしまうことに。ある朝、フリート街を歩いていた私は、不意に啓示めいたものを得た。自分はボンドを必要としている。何かが閃いたような、目が眩んでしまいそうな感覚だった。その瞬間から、私は平安ではなくなった。誰も彼も生気がない腑《ふ》抜けのように見えた。妻でさえはるかに遠ざかってしまった。心から愛していた子供たちも、取るに足りないもののように感じられた。食欲はなく、夜は眠れない。私は不機嫌で神経質になっていた。自分としては、まったくボンドと結びつけていなかった。働きすぎだと思っていた。そんなわけで、妻から休暇を取ってはどうかと水を向けられたとき、私は新聞社の仕事を半月間休んでグレーブシャーへ赴くことにした。

十二月の初めのグレーブシャーは悪くない。その時季のイギリス諸島では最高の場所と言える。私はセントメアリ湿原の向こうにある小さな村を知っていた。かれこれ十年も訪れてはいないが、いつも強い感謝の気持ちとともに思い出す。いまの私にふさわしいのはあの村だ。

ポルチェスターで列車を乗り換え、ついには小さなジングル馬車に乗り、私は海辺へ向けて出発した。広々とした遮るもののない湿原の空気や潮の香りは喜ばしいものだった。私は村に着いた。砂地の入り江では、高い岩の洞穴の前に二列の舟が浮かんでいた。それから、海を望む宿の休憩室で卵とベーコンを食べた。おかげでここ何週間よりは幸福な気分になれた。だが、それも長くは続かなかった。毎晩眠ることができない。私は身を切られるような孤独を感じはじめた。そして、とうとう真実を知った。友がいなくなって、自分は本当に寂しく思っている。私が求めていたのは孤独ではなく、友と一緒に過ごすことだった。一緒に過ごすと言うはたやすいけれども、実際には二度と叶わぬことだった。この小さな村で、緑の断崖の縁から果てしない海を一人で眺めるしかない。そう考えているうち、耐えがたいほど激しい後悔の念に見舞われた。私は友のためにもっと時間を費やすべきではなかったか。さらに、吐胸《とむね》をつかれた。ボンドと一緒にいるとき、私はパトロン気どりで鷹揚《おうよう》にふるまっていた。人がいい友の考えをちょっと馬鹿にしていた。いま、せめてあと一週間ともに過ごせるのなら、どんなに心をこめてチャーリーに示すことだろう。馬鹿なのは私で君ではない。私はいつだって幸運だったと。

そこにいると悲しいことを思い出す場所がある。そう何日も経たないうちに、私は小さな村がひどく嫌いになった。ゆがんだ岸辺に波が返すときの長くうめくような音、海カモメの陰鬱な鳴き声、窓の下でおしゃべりをしている女たちの声、すべてがどうしようもなく厭わしかった。もう耐えがたい。ロンドンに帰るべきだろう。だが、そうする気力すら萎えていた。ここにはまだボンドの思い出が漂っている。ほかの場所では得られない。それに、妻や家族にそのときの私みたいな退屈で不機嫌な男と一緒に過ごさせるのは、いかにも気が進まなかった。

そういうときに限って唐突に物事は起きるものだ。ある晴れた日、朝食の席についた私は、手紙が届いているのを見つけた。ボールドウィン夫人という人物からで、驚いたことに住所は同じグレーブシャーだった。もっとも郡の北のほうで、南の外れからは遠い。

ジャック・ボールドウィンは株式取引所における兄の友人で、粗削りだが好人物、優しくて気前のいい男だった。暮らし向きはきわめて裕福というわけではなかったに違いない。私は夫人を好いていたし、向こうもそう思ってくれていたことだろう。夫妻とは少しご無沙汰だったから、どうなっているのかまったくわからなかった。夫人の手紙によると、グレーブシャーの北海岸、ドリマスからさほど遠からぬ場所に十八世紀に建てられた古い屋敷を買ってとても楽しく過ごしており、ジャックはここ数年より調子がいいらしい。さらに、同じ郡に来ているのなら訪ねてくれればありがたいと記されていた。私は渡りに船だと思った。ボールドウィン夫妻はチャーリー・ボンドと面識がなかった。だから、夫妻と一緒にいても友を思い出すことはない。にぎやかな楽しい人たちで、家族じゅうがそうだった。ジャック・ボールドウィンの人となりも騒々しいほうだから、きっと陰気な気分を払拭してくれるだろう。私はすぐさま夫人に電報を打ち、一週間ほど泊めてくれないかと打診してみた。日が改まらないうちに、私は夫人からこのうえなく温かい招待の返報を受け取った。

翌日、私は漁村を発った。奇妙な山あり谷ありのうねうねとしたささやかな旅だった。グレーブシャーの辺鄙な村から別の僻村に至るには、ルートを探すだけでひと苦労しなければならない。

昼になった。空気は冷たいが空は青い、心地いい十二月の真昼だった。ポルチェスターで一時間ほど列車の待ち時間があった。私は町に出てみた。本通りを上って有名なアーデン・ゲートのたもとに建つ壮麗な大聖堂に至り、さらに有名な黒僧正の墓を見た。大きな東の窓から斜めに差しこむ日の光が、すばらしい青石《ブルーストーン》の墓の表面で舞うようにきらめいていた。私は不意に以前にも同じ光景を見たような気がした。ずいぶん前にもここに佇んでいて、悲嘆にうちひしがれていた。いま経験しているのは思いがけないことではまるでなかった。私は安らぎと哀悼の情がないまぜになった奇妙な感じも味わった。漁村で感じていた恐ろしいほど陰鬱な孤独感がだしぬけに去った。ボンドが死んでから初めて私は満ち足りた気分になった。大聖堂を離れ、にぎやかな通りを下り、感じのいい古い市場をあてもなく進む。これからボールドウィン家を訪ねれば幸福な気分になれるだろう。思い浮かぶのはそれだけだった。

十二月の午後はすぐさま暮れる。ささやかな旅は終わりにさしかかった。滑稽なほど小さな列車に揺られ、たそがれの風景を進む。列車はあまりにもゆっくり呑気に進むから、車窓の向こうで流れる小川のせせらぎが常に聞こえた。薄墨色の水が不意にガラスの皿めいて広がり、深い森へと消えていく。森はインクのように暗く、まだ幽かに色が残る空とは対照的だった。私はウサギ小屋のような小さな駅で降り、出迎えの車を見つけた。今度はさほど長い道程ではなく、古い十八世紀の屋敷の前へ唐突に出た。ボールドウィン家のがっしりした執事は、細心の注意を払い下へも置かぬ扱いで私を玄関の広間に招じ入れた。すぐ割れてしまう卵の箱を運ぶかのようだった。

実に広々とした部屋だった。大きな暖炉があり、全員がその前でお茶を飲んでいた。考えた末に「全員」という言葉を使ったのだが、本当にそこは人であふれかえっているように見えた。大人と子供が交じっていたけれども、大半は子供だった。きりがないほどいたから、滞在が終わるまでに名前はほとんど覚えることができなかった。

ボールドウィン夫人が前に進み出て私を迎え、少し人を紹介した。座るように促してお茶を運ぶ。そして、どうも私の顔色がよくない、自分は子供たちに食事をさせなければならない、ジャックは狩りに出ているがじきに戻るだろう、などと言った。

私が入ってきたおかげでちょっと凪《なぎ》の状態になったものの、一同はすぐさま元に戻り、ものすごい騒ぎになった。現代の子供たちは自由に育てるべきだという意見は少なからずある。逆の意見もまた多い。私はほどなく悟った。いずれにしても、ここでは大人は完璧に無視されており、まったく影が薄かった。子供たちは部屋でむやみにはしゃぎ回り、互いに倒し倒されしながら大声で叫び、まるで家具みたいに大人の上にもたれかかる。家庭教師と思われる器量のぱっとしない女が「ねえ、あなたたち」と優しくたしなめようとしても、まるで聞く耳を持たなかった。難儀な旅で疲れていたのだろう、私は機を見て部屋へ行ってもいいかと夫人にたずねた。夫人はこう答えた。「子供たちがやかましいんでしょう。ほんとにしょうがないんですよ。ジャックはつねづね『若いころは一度きりしかないから』って言ってるし、あたしもそれは同感なんですけどね」

その晩の私は自分が若いとは感じなかった。九百歳くらいの老人みたいな気分だった。そんなわけで、夫人の言葉には同意したものの、若者特有の楽しい場からは遠ざかることにした。ボールドウィン夫人は広くてきれいな階段に案内した。ずんぐりした背の低い女性で、明るい色の服を身にまとっていた。いわゆる「うつり笑い」が特徴で、ついつられて笑ってしまう。私は夫人が好きだったし、寛大で心映えのいい女性だということも重々わかっていたのだが、なぜかははっきりしないけれどもその晩はイライラさせられた。夫人が場違いで、家がその存在に憤っているとすぐさま感じたせいかもしれない。だが、過去を振り返るとその後に何が起きるかわかっているから、そんな感じを抱いていたかのような気がするだけで、実際にはただの思い過ごしだったようにも思われる。ともかく、私は真実を語りたい。掛け値なしの真実、実際に起きた出来事だけを。世の中には語ろうとして語れないことはないはずだから。

われわれは暗い廊下をむやみに通り、どこから始まってどこで終わるのか、そもそも何のために設置されているのかわからない短い階段を上り下りし、やっと寝室に着いた。ボールドウィン夫人は、部屋の居心地がよければいいけど、ジャックは戻りしだい顔を出しますからなどと言ったあと、ちょっと言葉を切って私の顔を見た。「ほんとに顔色がよくないわね。働きすぎでしょう。いつも言ってるけど、根を詰めすぎるのよ。ここでゆっくり休んでちょうだい。そうすれば、子供たちもあなたが楽しい人だってわかるでしょうから」

最後のほうは見当違いのように思われたが、何を失ったか告げることはできなかった。私はふと思い当たった。大人同士の付き合いだからまったく意識していなかったのだが、本当に重要なことは夫人に何一つとして言えないのだった。

ボールドウィン夫人は笑顔で去った。寝室を眺めた私は、すぐさま気に入った。広くて天井が低く、必要最小限の家具しかない。古風な四柱式のベッド、くすんだ薔薇色の感じのいいダマスク織りの壁掛け、古い金製の鏡、オーク材のキャビネット、背もたれの高い椅子。さらにありがたいことに、ひじ掛けの高い大きな安楽椅子やベッドと同じ薔薇色で趣のある形をしたソファも備わっていた。暖炉の火は明るく弾け、大型の振り子時計が音を立てている。桜草をあしらった壁紙は褪せており、絵はいっさい飾られていない。だが、ベッドの向かい側の壁では、明るい赤や黄色の糸を用いた刺繍作品がオークの額縁の中に収まっていた。とても気に入った。私は安楽椅子を火のはたへ寄せ、ゆったりとくつろいだ。そして、いつの間にかぐっすり寝入ってしまった。どれほど眠っていただろう、不意に目が覚めた。最高ではないにせよ、十分に満ち足りた気分だった。ずっとここで過ごしていたかのように、私は部屋にしっくりとなじんでいた。ここ数週間探し続けてきた仲間にとうとう巡り合ったような奇妙な感覚だった。家はとても静かで、子供の声もここまでは届かない。パチパチ爆《は》ぜる暖炉の火、古い時計の懐かしい振り子の音、ほかにはまったく何も響かない。だしぬけに、部屋に誰かいるような気がした。幽かに響いた音は暖炉の火かもしれないが、あるいは……。

私は立ち上がって周りを見た。懐かしい顔を迎えるかのように笑みを浮かべながら。むろん、誰もいなかった。それでも、誰かを心から愛していてとても親しくしているとき、その人と同じ部屋に一緒にいるというあの感じは消えなかった。ベッドの反対側へ行ってあたりを眺め、薔薇色のカーテンを開ける。そんなことまでやってみたが、人影はなかった。そのとき、不意にドアが開き、ジャック・ボールドウィンが入ってきた。邪魔をされてしまったような、妙に苛立たしい気分になったことを覚えている。のんきなニッカーボッカー姿の巨体が部屋をふさいだ。「おーい、会えてうれしいよ。よくこんなとこまで来てくれたね。何か足りないものはあるか？」

II

すばらしい古い屋敷だった。ついこのあいだも滞在したのだが、屋敷についてそれ以上描写するつもりはない。いま語っているのは最初に訪れたときの話で、それ以来私はたびたび泊まっている。訪れるごとに家は微妙に違った貌《かお》を見せた。ちょっと語弊があるかもしれないが、ボールドウィン家は屋敷と戦って勝利を収めたのだ。一家が借りる前に何があったにせよ、いまはもはやボールドウィンの屋敷だった。一家は雰囲気に打ち負かされるような人々ではない。案ずるに、その主たる役目は物事をボールドウィン家の流儀に従わせてしまうことで、それが世の中のためにもなっていた。だが、最初に私が訪れたとき、家はまだ戦いを挑んでいた。「ちょっと気味が悪いのよ」二日目、ボールドウィン夫人がそう打ち明けた。「どういうことです?」私はたずねた。「幽霊か何かですか?」

「ええ、もちろんそうです」と、夫人。「この家、地下に海へ通じる通路があるんです。で、とっても悪い密輸業者がそこで殺されてて、その幽霊が地下室に出るんですって。とにかく、最初の執事はそう言ってたの。でも、地下室をうろついてたのは密輸業者じゃなくて執事だったんです、きっと。だって、あの人が出ていってから幽霊は見えなくなったんだから」夫人はそう言って笑った。「でもやっぱり、快適な場所とは言えないわね。あたし、古い部屋をいくつか改装するつもりなの。もっと窓も取り付けるわ。それに、子供たちもいるし」夫人はそう付け加えた。

そう、子供たちがいた。間違いなくこの世でいちばんうるさい存在だ。何であれ敬意を払うということがない。最も手に負えない野蛮人、ことに九歳から十三歳のあいだの子供はこの上なく残酷で教化できない年頃だ。双子と思われる二人の男の子など、ほとんど悪魔だった。年長の子供たちに叱られたとき、べつに口答えはせず冷たい目でじっと見返すだけだが、あとで復讐の筋書きを練り上げてしっかりと実行に移すのだ。わがホスト役の夫妻の名誉のために言うと、すべてがボールドウィン家の子供ではなく、その血筋はいちばん物静かだったように思う。

それでもやはり、早朝から夜の十時まで、ものすごい騒音が続くのだった。どんなに朝早く騒ぎが始まるか想像がつかないと思う。自分が騒音を気にしすぎていたのかどうかはわからない。ただ、おかげで気が紛れて別のことを考えることはできた。なぜかははっきり分析できなかったけれども、家は騒音を気にしているように感じられた。古い壁や垂木は子供たちの幸せそうな邪気のない笑い声を喜ぶ、周知のとおり詩人たちはそう記してきた。家が喜んでいたとは思わないし、私はさほど想像力に恵まれているほうでもないのだが、家が騒ぎを気にしているという感じはいやに執拗につきまとった。

実際に事が起きたのは三日目の夕方のことだった。いや、「事が起きた」と言っても、本当にそうだったのかどうか。これは読者の判断にゆだねることにしよう。

私は寝室の快適な安楽椅子に座り、夕食のために着替える前の三十分間を気分よく過ごしていた。廊下ではえらい騒ぎになっていた。子供たちが夕食をとる勉強部屋へ追い立てられているのだろう、私はそう察しをつけた。騒ぎが静まると、響くのは窓ガラスの向こうで雪が降る幽かな音だけになった。雪は終日降りしきっていた。だしぬけにチャーリー・ボンドのことが思い浮かんだ。実物が突然前へ飛び出してきたかのように、思いがまっしぐらにボンドへ向かったのだ。亡き友のことは考えたくなかった。ここ数日間、ボンドのことは忘れようと努めてきた。それがいちばん賢明だと思ったからだ。だが、いまはもう打ち消しがたい存在となった。

私は友の思い出に耽った。あのときこのときと次々に思い返してみる。一緒に過ごしたときの友の微笑、面白がるときに唇の端をキュッと上げる癖……。それにしても、どうしてボンドは私の心に取り憑いて離れないのだろう。もっと付き合いの深い友人を何人も亡くしているが、ボンドの場合のように心がかき乱されることはなかった。私はため息をついた。すると、背後でとても幽かなため息が繰り返されたような気がした。私はやにわに振り向いた。カーテンは開いたままになっていた。雪の照り返しの奇妙な蒼白い光が物を照らしている。部屋には三本の蠟燭があかあかと灯っていたけれども、黄色みを帯びた白い影は床を横切ってベッドに覆いかぶさるかのように見えた。むろん、誰もいなかった。それでも私は入念にあたりを何度も見た。自分は独りではない、そう確信しているみたいに。部屋の片隅に瞳を凝らす。ベッドから最も離れた隅だ。そこに誰かいるように見えた。しかし、実際は誰もいなかった。心がかき乱されたせいか、雪明かりに照らされた古い部屋の美しさに惑ったか、これはいずれとも判じがたいが、とにかく私の心は亡き友で満たされ、慰められるような幸福な気分になった。自分はボンドを失ったわけではない、そんな気がした。ことにある瞬間は、友が生きているときよりもいっそう近しくなったように感じられた。

その晩から奇妙な出来事が起きた。寝室に入ると亡き友が近しくなったような気がする。最初はそれだけだったのだが、別の感じも抱くようになったのだ。ドアを閉め、安楽椅子に座る。新たな交わりの対象はボンドばかりではない、何か別のものもいる、私はそう思った。真夜中や明け方に目覚めたとき、はっきりと感じたものだ。自分は独りではない、と。あまりにも確かな感覚だったから、それ以上詳しく調べてみようという気にもなれなかった。私はその交流をごく当たり前のものと見なし、満ち足りた気分だった。

寝室の外に関しては、しだいに不満が募った。家の扱われ方がどうにも厭だった。ボールドウィン夫妻が今後の改装について相談しているのを聞いたとき、まったく理屈のつかない怒りがわいた。夫妻はとても親切に接してくれたし、自分たちがやろうとしているのが褒められるべきことではないとはまるで気づいてもいなかったから、私は怒りをあらわにすることはできなかった。それでも、ボールドウィン夫人は何か察したらしい。「子供たちがご迷惑をかけてるんじゃないかと」ある朝、夫人はちょっと不審そうに言った。「学校が始まったら多少は静かになるんですけどね。クリスマス休暇はもう我が物顔で。楽しそうにしてるのを見るのは好きですけど。ほんとにかわいい連中ですよ」

そのとき、かわいい連中はホール中にのさばるインディアンと化していた。

「いや、もちろん子供は好きなんですが」私はそう答えた。「ただ……馬鹿なことをと思わないでもらいたいんだけど、何かこう、あの子供たちは家にぴったり合っていないような気がして」

「まあ、こういう古い家にはあんな感じがふさわしいですよ」ボールドウィン夫人はきびきびと言った。「ちょっと目が覚めるでしょうよ。もしここに住んでた昔の人たちが戻ってきたら、あの騒ぎや笑い声を聞くのがきっと好きになります」

納得はできなかったけれども、何事にも充足している夫人に異を唱えて困らせる気にもなれなかった。

その晩寝室で、私は例の「交流」について確信を深めた。

「誰かいるのか？」声に出して言ってみた。「わかってくれ。気づいてるんだ。うれしいとも思ってる」

しゃべるのをやめたとき、私は不意にぞっとした。頭がどうかしてしまったのではないだろうか。独り言を言うのは狂気の始まりではないか。だが、ほどなくほっとした。部屋には本当に誰かいたのだから。

その夜、目が覚めた私は針の光る時計を見た。三時十五分だった。部屋はとても暗く、ベッドの柱さえ見分けることができなかったが、消える間際の暖炉の火はごく幽かな光を放っていた。ベッドの反対側に何か白っぽいものがいるように見えた。もっとも、ひょろっとしたあえかな影は実際に白い色をしていたわけではない。また、起き上がって目を凝らしてみると、影はとても小さく、ベッドにも届きかねるほどだった。

「誰かいるのか？」私はたずねた。「いるなら何かしゃべってくれ。怖がってなどいないから。ここにはずっと誰かいるなとわかってた。うれしく思ってるんだ」

そのとき、とても幽かな子供の姿が目に見えるようになった気がした。あまりにも幽かだったから、いまもってはっきり見たという確信は持てないのだが。

幽霊の正体見たり、これは誰しもときどき経験することだろう。見たと思ったのは部屋の中にある物で、掛けてあるコートやグラスの反射や月光のいたずらによって想像力をかき立てられたにすぎなかったとわかる。私の場合も当てはまってはいたのだが、それでもこう見えたのだ。子供の影は消えゆく暖炉の火の前でくっきりと動き、銀色の樺の木の葉のように繊細に、夕暮れの雲のようにたなびきながら、私の前へと宙を舞ってきたのだ。

奇妙なことに、銀色の織物と思われる衣装が何よりはっきりと見えた。顔はまったく見えなかった。にもかかわらず、朝になっても確信があった。私は確かに見たのだ。いっぱいに開いた大きな黒い目、ほんのわずかばかり開き、おどおどした微笑を浮かべているちいさな唇。そして、何より印象的だったのは、恐怖と当惑の色を浮かべた顔の表情だった。それは心から何かの慰めを求めているように見えた。

III

あの晩から、出来事はささやかなクライマックスへ向けて急速に動きはじめた。

私はさほど想像力に恵まれた人間ではないし、幽霊に熱中する現代人の心性にも共感は覚えない。あの「訪れ」以来、超自然的なものは一度も見なかったし、見たと錯覚もしなかった。だが、あんなに心の底から交流と慰めを求められたことも、あのとき以来絶えてなかった。われわれの生活は多かれ少なかれ満ち足りており、ある物を痛切に求めることがないせいだろうか。いや、いずれにしても、私はあのとき、自分などよりはるかに強い求めによる確かな交流を結んだのだ。私は不意に、この家の子供たちに激しい理不尽なまでの嫌悪の情を抱くようになった。どこかの建物の人目に触れない部分に誤って取り残され、新しい住人の耳を覆わんばかりの騒ぎや無慈悲なわがままに怯えている子供を発見したような感じだった。

その後一週間、ちいさな友がはっきりと姿を現すことはなかった。だが、部屋で普段着をまとい、いつもの安楽椅子に座っているとき、確かにその存在を感じることができた。

そろそろロンドンへ戻るころになったが、私は出発できなかった。人に会うたびに古い屋敷にまつわる言い伝えや物語についてたずねてみたけれども、ちいさな子供に関しては何一つわからなかった。私は終日、夕食の前に部屋で過ごす時間を待ちわびた。「交流」が最も深まるのを感じる時間だ。また、ときどき夜中に目を覚まし、子供の存在を感じた。しかし、前にも言ったとおり、その姿を見ることはなかった。

ある晩、年長組の子供たちは遅くまで起きている機会を得た。誰かの誕生日だった。家じゅう人だらけになってしまったかのようだ。夕食が終わって子供たちが現れると、騒音と混乱はまさに暴動となった。われわれは屋敷を使った鬼ごっこに駆り出された。誰もが仮装をしていた。少なくともその晩は、プライバシーなどまるでなかった。ボールドウィン夫人の言葉を借りれば、われわれはみな十歳の子供に戻った。そんなものに戻りたくはなかったけれども、私もゲームに参加させられてしまった。いざ加わると、馬鹿馬鹿しいことだが護身のために廊下を走り回ったり扉の陰に隠れたりしなければならなかった。騒音はすさまじいまでになり、ますます高まる。みんなヒステリー状態だった。年少組の子供たちもベッドから飛び出し、廊下を走り回った。誰かが自動車の警笛を鳴らし続けている。蓄音機を鳴らしている者もいた。

突然すべてが厭になった。私は部屋に引きこもり、蠟燭を灯してドアに鍵を掛けた。椅子に座ろうとしたとき、私は気づいた。ちいさな友が訪れている。ベッドのかたわらに佇み、瞳に恐怖の色を湛《たた》えてこちらをじっと見ていた。あんなに怯えた者を見たことはついぞなかった。銀色のガウンの下でちいさな胸があえいでいた。肩に金髪が流れ落ち、両手をぐっと握りしめている。ちょうどそのとき、ドアを甲高くノックする音が響いた。さまざまな声が開けろと叫ぶ。声と笑いは騒ぎの極みだった。ちいさな姿が揺らいだ。どういうわけか、その瞬間に私はこう思った。守ってあげなければ、どこか安らぐ場所を与えてあげなければ。もう何も目に映っていなかったし、感じもしなかった。なのに私は囁くように言った。「ねえ、大丈夫だよ。絶対に入れさせない。君に触れさせはしない。きっとだよ」どれだけそうして座っていたかはわからない。騒音はしだいに静まり、たまさか声が聞こえ、やがて沈黙が領した。家は眠りについた。その晩はずっと慰められたような気分で過ごしていたと思う。

あれは思い過ごしだったのではないか。どれほどそう思ったことだろう。しかし、いま私はこう思う。あの子供は家を愛していた。できる限り長く愛する場所にとどまっていた。だが、とうとう去らねばならないときがやってきた。あれは私に対する別ればかりでなく、この世でいちばん愛していた、そして、あの世に行っても愛し続けていた場所への別れでもあったのではないだろうか。

真相はわからない。誓って言えることは何ひとつない。ただ、これだけは確かに言える。あの晩から友を亡くした痛みが去り、二度と戻ることはなかったのだ。子供との交流が友を包み去ってしまったのだろうか。私は自問自答した。これまた答えの出ない問いだった。ただ、私はいまある確信を抱いている。愛の力が強ければ、死でさえそれを打ち壊すことはできない。くだらないことを言うと思われるかもしれないが、実際に体験してみればおわかりになるはずだ。

蠟燭の灯る部屋で味わったあの瞬間、幽霊の心臓は私と同じように鼓動していた。いまも、そしてこれからもずっと忘れることはないだろう。

後日談がひとつある。翌日、私はロンドンへ発った。妻は私がすっかり回復したのを見て喜んだ。以前よりも幸せそうに見えると言う。

二日後、ボールドウィン夫人から小包を受け取った。メモが添えてあり、次のように記されていた。

これはうっかりお忘れになったんでしょう。部屋の鏡台の小さな引き出しから出てきました。

私は小包を開けた。現れたのは長くて薄い木製の箱で、中には古い青色のハンカチが入っていた。箱の蓋はたやすく持ち上げることができた。内側には、彩色を施した古い木彫りの人形が収められていた。衣装から推すと、アン女王朝時代のものだろう。衣装は完璧な状態で、ちいさな靴まで履いていた。両手には灰色の手袋を嵌めている。内側の絹の縁飾りにテープが縫いつけられていた。かすれた文字はこう読み取ることができた。

アン・トリローニィ　一七一〇年

編訳者あとがき

私にとってのヒュー・ウォルポールは長く「銀の仮面」の作者だった。江戸川乱歩編『世界短編傑作集4』（創元推理文庫）で初めてこの作品に接したのがいつか記憶は鮮明でないのだが、一読オールタイム・ベスト級の傑作だと感銘を受けたことは覚えている。

その後、怪奇小説アンソロジーで折り紙付きの傑作怪談に触れ、オリジナル短篇集を購入するようになった。イギリスではこれといった短篇選集が出ていないから、アンソロジー・ピース以外の作品はオリジナルで読むしかなかった。

今回、本邦では最初で最後と思われるヒュー・ウォルポール短篇集のオファーがあったのを機に、主要な三冊の短篇集を完読し、ノン・スーパーナチュラルとスーパーナチュラルのバランスを考慮しつつ十一篇を選んだ。これまでに共編の訳書はあるが、編訳書は初めてになる。

訳し終えて改めて感じたのは、まず意外な間口の広さである。むろん伝統的な怪談もあるのだが、「みずうみ」はH・R・ウエイクフィールドの諸作と一脈を通じ、「死の恐怖」はロバート・エイクマンを彷彿させ、珍しくニューヨークを舞台とした「虎」はモダン・ホラーと断言しても過言ではないほどだ。

もう一つのキイワードはsubtle。ノン・スーパーナチュラルな作品ではいとも微妙な心理が描かれ、独特の奇妙な味を醸成している。このあたりはアナログにハードルがあり、ミステリー・プロパーの読者にどの程度まで伝わるのか、そもそも訳者が原文の機微を十全に伝えられたかどうか、いろいろと不安がないでもないのだが、ともあれ積年の宿題を果たして肩の荷が降りた気分である。関係者と読者の皆様、なにより同種の匂いを感じないでもない原作者に感謝申し上げたい。

二〇〇一年六月

倉阪鬼一郎

悪因縁のアラベスク模様

千街晶之

大都会の白昼。互いにその名も知らぬ無数の人間が絶えることなく行き交うターミナル駅の雑踏で、面識のない人間から不意に声をかけられ、得体の知れぬ恐怖を覚えて身を引くことがある。相手は、場合によっては宗教の勧誘であり、別のときには災害援助の募金活動や草の根的な署名活動を行う者だったりもする。その瞬間、頭上から降り注ぐ陽光さえも熱と明るさを失い、その日一日、私はふさぎ込んで暮らすことになる。私の一日は呪われたのだ――。

何という大袈裟な反応、と思うだろうか。街角で知らない人間から声をかけられて鬱陶しさを覚えた経験なら誰にもあるだろうけれど、何故彼らに恐怖を感じてしまうのか、自分でもよくわからない。冷静に考えれば、募金だの署名だの献血だのに協力するしないはこちらの勝手だし、ましてや得体の知れない新興宗教の勧誘に時間をわざわざ割いてやる暇などある訳がない。だから無視しようがどうしようが、こちらは何ら後ろ暗いところのない明鏡止水の心境で相手に対処すればいいのであり、その場を去って一瞬後には声をかけられたこと自体を忘れ去ればいい。それだけの話なのだ。そう、本来ならば。

それなのにそう簡単に割り切れないのは、たぶん彼らが〈善意〉を錦旗として掲げているからではないかと思う。宗教の勧誘はまた別としても、募金や署名の誘いを断るという選択には、紛う方なき善行への誘いを拒絶するという一面がある。善に手を差し伸べることを断るという行為は、消極的に悪に加担する行為なのだ——と思っているからこそ、街頭で私たちに協力を要請する人々は、あんなにも昂然としていられるのに違いない。彼らの晴れやかで真摯な表情の背後には、「私たちに協力しないあなたは人非人ですよ」という脅迫めいた意志（意識的であれ無意識的であれ）が潜んでいる。理屈上では、そこでこちらが引け目を感じる必要がないことぐらいはわかるのだが、小心な私は、その後ろめたさを断ち切ることが出来ない。だから私は、自分をそんな心境に理不尽にも追い込んだ相手に怯えずにはいられない。場合によっては憎まずにはいられない——。

赤の他人同士のあいだで、AからBに対してネガティヴな感情（所詮は非持続的なものではあるけれど）が生じる。BがAに声をかけてしまったばかりに。Bの側にはそれについて全く自覚はないであろうとはいえ、ここに悪因縁とも言うべき関係が生まれる。ただこの場合、悪因縁はBの行動（この場合は勧誘者による善意の強要）だけでは絶対に成立しないということを指摘しておかなければならない。勧誘される側A（この場合は私）に、善行の拒絶を後ろめたいと感じる心があって、初めて悪因縁は成立するのであり、見知らぬ人間からの勧誘など無視して当たり前という理屈でドライに動ける人間の場合は、相手に対して不必要な怯えや厭わしさなど初手から感じないから、勧誘者とのあいだに悪因縁は成立しない。

ここに挙げたのは無論ひとつの例にすぎない。このような人間同士の関係は世間に幾らでも存在していると思う。たぶん、ある種の人々は、悪因縁を悪因縁と意識しないままに人生を送るのだろう。だが、人間が人間として生きている限りどこかで待ち構えているであろう悪因縁の罠に怯えつつ暮らす人々も、世の中には多く存在するのだ。

ヒュー・ウォルポールという作家も、きっとそういう人種のひとりだったのに違いない。本書『銀の仮面』を通読して、私はそう確信するに至った。この作品集には、人間同士の悪因縁というものの不可思議さ、逃れ難さに苦しんだことのある人間だけが描き得る類の恐怖が、息苦しいまでに漲《みなぎ》っている。

本書の著者ヒュー・シーモア・ウォルポール Hugh Seymour Walpole（一八八四〜一九四一）は、壮麗な自邸ストロベリー・ヒルにおいて、ゴシック・ロマンスの濫觴とされる『オトラントの城』を執筆した、あのホレス・ウォルポール（英国初代首相ロバート・ウォルポールの子）の子孫と言われている。国教会牧師だった父親の赴任地であるニュージーランドで生まれ、十歳の時に父の郷里コーンウォールに移った。オックスフォード大に在学中から小説を書きはじめ、教師の職を経て作家になってからは、その決して長いとは言えない生涯のあいだに、数多くの長篇小説、短篇小説の他、戯曲や文学研究（トロロープやコンラッドに関する）など、六十数冊に及ぶ著作をエネルギッシュに発表し続けた。彼の創作活動を「歓ばしき多作」と評したのはヘンリー・ジェイムズだが、彼のみならずラドヤード・キプリングらからも賞賛を受けるなど、その文壇的評価は高く、一九三七年にはサーの称号を授与されている。書籍蒐集家でもあった（なお、サマセット・モームの『お菓子と麦酒』に登場するオルロイ・キアなる人物はウォルポールをモデルにしているという説がある。モーム自身は否定しているが）。

日本では、ウォルポールの名は「銀の仮面」の作者として認識されていると言っていいだろう（他にも幾つかの短篇が邦訳されてはいるが、知名度で言えばこの一作にとどめをさす）。この作品は江戸川乱歩編『世界短編傑作集4』（創元推理文庫）に、乱歩言うところの〈奇妙な味〉の代表的作例として収録されているため、広く我が国の人口に膾炙している。

私がこの作品に触れたのは（記憶が曖昧だが）たしか小学校高学年か、あるいは中学に入りたての頃で、当然ながらその後多くの小説を読んできた訳だが、思い返しても「銀の仮面」ほど後味の悪い小説に邂逅する機会は、滅多にあるものではなかった。

今にして思えばこの『世界短編傑作集』はなかなかヴァラエティに富んだセレクトのアンソロジーで、特に第4巻は、三人の脱獄囚がそれぞれ自分の一番死にたくない方法で最期を遂げるアーウィン・S・コッブの「信・望・愛」、家政婦に毒を盛られているのではという疑惑を抱いた男の焦燥を描いたドロシー・L・セイヤーズの「疑惑」など、〈奇妙な味〉に属する短篇の傑作・秀作が多く収録されていて読み応え抜群だったのだが、その中でも「銀の仮面」の厭な読後感は他の作品群の印象が霞むほどに強力だった。

独り暮らしの女性ソニア・ヘリスは、ある日、飢えに苦しんでいる類稀な美青年を家に招き入れ、夕食を与える。彼女は青年の上品な容貌や美術品に対する鑑識眼に好感を抱くが、立ち去り際、青年はソニアが愛用する白翡翠のシガレットケースを盗み去っていった。それから半月後、青年はソニアの家に謝罪に訪れ、更に数日後には妻子を彼女に会わせ、やがてソニアの秘書に収まる。青年の仕事ぶりには非のうちどころがなかったが、彼女は青年と縁を切ろうと思う。だが時既に遅し、青年とその家族や親類を名乗る連中によって、ソニアの家は次第に乗っ取られてゆくのだった……。

この小説の後味の悪さは一体何に由来しているのかを考えると、美青年ヘンリー・アボットとその仲間たちが、最後まで悪意を剝き出しにしない点が挙げられる。彼らはあくまでもソニアの親切心に訴えるのだ。彼女がヘンリーに絶縁を言い渡した瞬間、ヘンリーの妻エイダは急に失神して倒れ、ソニアが看病のためにベッドに寝かせると、そのまま家に居すわってしまう。「たぶんここが一件における重大な分岐点だっただろう。ソニア・ヘリスがこの重大な局面で決然たる態度をとり、失神なんて構わずにアボット一家を冷たい通りへほうり出していたなら、友人とブリッジを楽しむ元気な老女になっていたかもしれない」と作者は綴り、それに続けて「だが、ソニアの母性愛はあまりにも強すぎた」と結論づける。しかし、果たしてこの時の彼女の感情は母性愛のみで説明し得るだろうか。自分の厳しい発言によってエイダが失神したのを目の当たりにして、ソニアは彼らを家の中に入れなければ自分が悪人にされてしまうという立場に置かれてしまったのだ。ヘンリーたちは彼女の愛だけではなく、自分を善人と思いたい彼女の利己心にもつけ入ったのではないか。

ソニアは何故青年にもっと毅然とした態度を取れなかったのか……と苛立つ読者も多い筈だ。作中でしきりに強調されている彼の美貌に魅了されたからか。無論それもあるだろう。しかし、たぶん彼女は最初のうちは不幸な青年に慈悲を施す行為の甘美さに抗えなかったのであり、やがては、自分が不人情な人間と見なされることに耐えられなかったのではないか。青年は最初は彼女に夕飯をたかるだけが目的で、シガレットケースを持ち出したのは行きがけの駄賃だったのかも知れないが、会話を交わすうちに彼女の性格が、自分たちにとってはとめどなく利用し得る類のものであることに気づいたことだろう。青年が狡猾で邪悪な性格を持っていたにせよ、ソニアの側があのような性格でなければ悲劇は起こらなかった。ある種の人間は自分が善人であり続けるために、悪を毅然として拒むことは出来ても、善行を為す誘惑には弱い。その弱みが悪因縁の環を完結させ、彼女を滅ぼしたとも言い得る。

「銀の仮面」発表以降、不意の来訪者によって元来の住人の平穏な生活が崩壊するパターンの小説は、さまざまな作家によって繰り返し描かれている（映画で言えば、ルキノ・ヴィスコンティの『家族の肖像』もこのパターンに該当する）。しかし今に至るまで、これほどまでの酷薄な境地を現出し得た作品は「銀の仮面」をおいて他にないのも事実だろう。それは、人間同士の悪因縁のメカニズムに関する分析において、「銀の仮面」の鋭さにまだ誰も到達していないからだと思う。

その「銀の仮面」を表題作とする本書は、ウォルポールの主要な短篇集三冊——The Silver Thorn（一九二八年）、All Souls' Night（一九三三年）、Head in Green Bronze（一九三八年）——から秀作十一篇を訳者の倉阪鬼一郎が選出して纏めたものである。編者によればノン・スーパーナチュラル作品とスーパーナチュラル作品のバランスを考えて選んだということで、第一部にはノン・スーパーナチュラル系の作品六篇、第二部にはスーパーナチュラル系の作品五篇が並べられているが、実は両者の区分はそれほど明瞭ではなく、スーパーナチュラル系の作品群も、その多くはニューロティックな心理描写を持ち味としている。『英名二十八衆句』『魁題百撰相』といった鮮血淋漓たる無残絵で知られる、幕末から明治にかけての浮世絵師・月岡芳年が最晩年に発表した作品に『新形《しんけい》三十六怪撰』という三十六枚組の連作幽霊画がある。三遊亭円朝の怪談噺『真景累ケ淵』の〈真景〉が〈神経〉を暗示しているのは周知の通りだが、この連作の題名の〈新形〉にもやはり〈神経〉の意が籠められているると見て間違いあるまい。というのも、連作の中には怪異をずばりそのまま描いたものも多い一方、霊の出現を人間の怯えや気の迷いから生じた錯覚であるかの如き含みを持たせて描いた作品も混じっているからだ。『平家物語』から題材を採った「清盛福原にて数百の人頭を見る図」で、入道相国清盛と睨み合っている巨大な髑髏は、平氏に復讐を誓う怨霊だろうか、それとも襖の図柄が見せた一瞬の錯覚だろうか。大南北の『桜姫東文章』の一場面を描いた「清玄の霊桜姫を慕ふの図」で、桜姫の背後に朧《おぼろ》に顕《た》つ影は、姫のために命を落とした僧清玄の亡魂なのか、それとも姫が無意識に感じていた後ろめたさが、襖の染みを死者の訪れと認識させたにすぎないのか。

唐突なたとえのように聞こえるかも知れないが、ウォルポールの怪奇小説の筆法は、この『新形三十六怪撰』における怪異の描き方に実によく似ているように思う。実際にスーパーナチュラルな怪異が発生したのか、すべては主人公の妄想や狂気に起因する幻だったのか、二重の読み方が可能な作品が多いのだ。

例えば「みずうみ」。怪奇小説として読めば、これは憎悪の対象を山中の湖に突き落として殺害した男が、死者の霊によって復讐される因果応報譚だが、見方を変えれば、水差しが倒れて寝台が濡れたことによって、主人公の夢の中で殺人が再現され、恐怖の余り頓死しただけのこととも解釈し得る。

「虎」にしても「雪」にしても、怪異を択えているのは主人公の五官のみであって、周囲の人間はそれを認識しないため、現実と妄想の境界線は曖昧である。収録作の中では一番古典的な幽霊譚「ちいさな幽霊」の場合も、親友に先立たれた主人公の孤独な心理状態なくして、この怪異は体験し得なかったに違いない。

最も得体の知れない怪異が展開される「海辺の不気味な出来事」にしても、邪悪な雰囲気を漂わせる小柄な老人と、ラストで勃発するおぞましい現象との因果関係は不明である。何しろ、「邪悪な老人だと言ったけれども、どうしてそう認識できたのだろう？　ことによると、馬鹿げた妄想にすぎなかったのではあるまいか」と、語り手自身が妄想の可能性を一応認識してはいるものの、そこで老人と雰囲気が似ているサディスティックな教師（この教師とて、語り手の主観を通して描かれるだけなので、実際には単に厳格なだけで邪悪というほどのことはなかった可能性もある）の存在を連想することで、「無慈悲で卑劣。これは邪悪としか言いようがないではないか。あの小男は無慈悲で卑劣だったはずだ。私はそう確信する」と自らの思い込みを強引に正当化してしまうのだ。本作の結びの二行は、語り手自身がその強引さを自覚していない訳ではないことを暗示している。この二行を、怪奇小説としてはあらずもがなと感じる読者もいるだろうけれど、そこがウォルポールという作家の持ち味なのだと考えたい。

逆に、ノン・スーパーナチュラル系の話から、スーパーナチュラルの匂いをかぎ取ることも可能である。後述する「死の恐怖」がその典型だろう。「敵」における、主人公ハーディングに故意につきまとうかのようなトンクスの現れ方が、スーパーナチュラル系に分類されている「虎」における、謎めいた黒人の再三の出現に酷似していることも指摘しておく。

それにしても全篇を通読して気づかされるのは、どの話でも主人公の抱えている屈託が尋常ではないという点だ。それは多くの場合、思い込みや狂気に彩られた主人公の主観と、第三者の客観とのあいだに生じるズレに起因する。

「敵」のハーディングは、毎朝出勤の途中で遭遇するトンクスという男に、理不尽とも言える敵意の炎を燃やす。この敵意は一方的なもので、相手は彼のことを親友としか思っていないらしいのだが、彼は相手を根拠らしい根拠もなく犯罪者のような人物と決めつけ、とめどもない被害妄想に陥ってゆく。事情を知らない第三者が見れば、理解し難いのはハーディングの側だろう。ストーカー的な振る舞いをしたとはいえ、トンクスは具体的には大した害は及ぼしていないのだから。だがハーディングからすれば、トンクスは許し難い罪を犯しているのだ。〈無神経〉という大罪を。

主観と客観のあいだの、決して埋めることの出来ない底無しのクレヴァス——。同じことは「ルビー色のグラス」のジェレミー少年についても言える。ジェーンがグラスを落として割ってしまった時、彼女のやったことだと父母に言えば、恐らく彼の内面世界は理性を取り戻す結果になっただろう。にもかかわらず彼は自ら進んで罰を受け、ジェーンが魔女ではないかという妄想を膨らませてゆく。傍目には滑稽ですらある独り相撲。しかし、子供の頃の、主観の領域が大部分を占めていた精神世界を僅かなりとも記憶している読者なら、ジェレミー少年の屈折した心の軌跡にどこかで共振するのを感じるだろう。ジェーンが本当に魔女であれ単なる臆病な女の子であれ、少なくともジェレミーの中では、ジェーンは魔女そのものとして認識されたのだ。第三者の客観的な視線は、それに対して意味も力も持たない。

「死の恐怖」のロリン夫人は、果たして不愉快な夫を人知れず殺害したのだろうか。そう推測させる作中の手がかりは、夫人が主人公に「自然法はどの程度まで破っても罰せられないものでしょうか」と尋ね、「とにかく、思うとおりにするだけです」と言い残して去るくだりと、最後の夜に主人公が「窓の外からロリンの声が響いたような気がした」というくだりだけで（この部分を夫人に殺されたロリンの霊の声と解釈すれば、本篇はスーパーナチュラル系に含めてもいいような気もする）、彼女が夫を殺したとは、物語のどこにも明確には描かれていない。にもかかわらず、読者は夫人の犯行を確信する。主人公の心に蟠る不安に、読者までも共鳴するように書かれているからだ。

ただしウォルポールは、屈託を抱えた側の主観ばかりを描いた訳ではない。善意を振りかざして他者の生活に干渉する人間の厭らしさを描いて、「銀の仮面」とポジとネガの関係にあるとも言えるのが「トーランド家の長老」だ。ただし「銀の仮面」のヘンリーの善良さは見せかけでしかなかったが、こちらでは根っからの善人のたちの悪さがシニカルに抉り出される。外部からの善意の来訪者であるコンバー夫人が、トーランド家の内情を知らなかったばかりに、トーランド老夫人の死に至るまでの時間を絶望に染められた刻《とき》へと変えてしまう。だがコンバー夫人は最後までそのことには気づかず、「でも、うれしいわ。おばあさんが亡くなる前の何時間かを、あたし、少しでも明るくできたんですもの」と晴れやかに言い放つ。性格的なことを言えば、コンバー夫人は親切で善良なことに間違いはないし、死んだトーランド老夫人は一族の上に暴君的に君臨してきた、さほど同情には値しない人物である筈なのだが、むしろそう設定されているからこそ、この物語は善悪が反転したような後味の悪さを漂わせる。

その他の物語では、既に他者との関係性を必要としなくなった人間の、自閉的でパラノイアックな主観世界が描かれる。「中国の馬」のミス・マクスウェルは、家に対する愛着を嵩じさせた余り、半ば妄想の世界で生きているが、彼女自身にはその自覚は全くない。憐れむべき存在と言えるだろうけれども、個的な妄想を侮ってはならない。「虎」の主人公ホーマー・ブラウンもまた、自分の捉えている世界が他人にはそう見えていないという事実に全く気づいてはいなかった。にもかかわらず、ラストで彼の妄想は他人に転移する。妄想と現実が逆転する戦慄の瞬間。

……こうして概観すると明瞭になってくるが、本書に収録された作品群の多くは、人間と人間のあいだに何故悪意が生じるか、何故この世に悲劇が起きるのか、何故ひとは怪異に遭遇するのかといった疑問に対し、一方が悪人だから（あるいは無神経だから）災いが生じるのではなく、他方にもそれを招き寄せる要因が必ずあるという認識を提示している。悪因縁のアラベスク。そのパターンを粘り強く追求するウォルポールの筆致は、デリケートかつ非情を極める。

「敵」のハーディングがトンクスに抱く敵意は、第三者から見れば理解し難いものであろう。ハーディング自身も「もしトンクスと違ったかたちで知り合っていたなら――例えば、気のおけない友人の家で催される宴会の晩とか――えらく好きになっていたかもしれない」と認めているくらいだが、所詮、人間同士の関係には、理屈では割り切れない、相性の善し悪しとしか言いようのない不条理なものが大きく影響するのだ。だが、作者の優れた人間洞察を示しているのはその先だろう。トンクスを敵視するハーディングは、しかし、相手の姿が見えなくなるとかえって寂しさを覚えるようになり、相手の急死によって友を喪ったことを悟る。敵の存在によってしか張り合いを持つことが出来なかった、ハーディングの孤独な人生がそこで鮮やかに逆照射される。この心理状態は、もはや彼自身にも説明は不可能に違いない。

「みずうみ」のフェニックにしても、そんなに憎いならフォスターと早い時点で絶交するなりすれば良かった筈だ。殺す気になるまで本心を隠したまま交際を続けるのは、傍目には不可解に見える。だがそんな理屈を説いても意味はあるまい。フェニックが得るべき栄誉をフォスターが奪い去ったからだけではなく、フォスターの陽気で積極的な（裏を返せば無神経な）性格そのものが、フェニックとの相性の点で最悪だったのに違いない。同じことは「死の恐怖」のロリンに対する主人公の嫌悪感についても、本書に収録されていない幽霊譚「ラント夫人」（平井呈一編訳『恐怖の愉しみ 上』所収、創元推理文庫）における、作家のランシマンが彼のファンだというラントに対して感じる生理的な不快感（ラントのホモセクシュアルな性向を察知したからとも読み取れる）についても言えるだろう。これらの作品を読んだ限り、同性間の相性の不一致から発生する憎悪や嫌悪のありように、ウォルポールという作家は殊に敏感だったように思われる。

西崎憲編『怪奇小説の世紀 第3巻 夜の怪』（国書刊行会）に収録されている「ターンヘルム」（これはスーパーナチュラル系の秀作である）の主人公は、読書を好む孤独な少年であった。彼をウォルポールの少年期と同一視したくなる誘惑に駆られることは事実だが、作中人物を作者と無神経に等符号で結ぶつもりはない。仮に、現実のウォルポールが表面的には明るく社交的な性格であったとしても全く構わない。だがこの作家は、人間心理が綾なす悪因縁のアラベスク模様に、常に心のどこかで怯えを感じつつ、その一方で不思議な魅惑を覚えながら生を送っていたのではないか。私にはそう思えて仕方がない。

ヒュー・ウォルポール著作リスト

小説、戯曲、評伝、文学研究、エッセイなど、ヒュー・ウォルポールの著作はきわめて多岐にわたっている。彼の名をもっとも有名にしたのは、Rogue Herries（1930）にはじまる「ヘリス年代記」と総称される、湖水地方のある一族の二百年にわたる歴史をたどった大河小説群であるが、一方で無気味な味わいの犯罪小説や異常心理小説も何冊か残している。その代表的なものをあげておくと、最初期に発表され、批評家の絶賛を浴びたMr. Perrin and Mr. Traill（1911）は狂気に陥った学校教師の不安に満ちた話。Portrait of a Man with Red Hair（1925）は〈ジーキルとハイド〉テーマのサディスティックな物語。生まれついての脅迫者が登場するAbove the Dark Circusは、この分野のもう一つの代表作で、ジュリアン・シモンズが中心になって選んだ《サンデー・タイムズ》の名作推理小説ベスト99のリスト（一九五八年）にも採られている。以上二作は、他のゴシック系統の作品Maradick at Forty（1910）、C・G・ユングが「心理学的傑作」と絶賛したというThe Prelude to Adventure（1912）と共に、オムニバスFour Fantastic Tales（1932）に収録された。死の直前に完成したThe Killer and the Slain（1942）は、ライヴァルを殺してしまった男が、次第に性格的にも身体的にも殺した相手に同一化していくという戦慄的な物語である。なお、彼の怪奇短篇はシンシア・アスキスの有名なアンソロジーShuddersやGhost Bookに書き下ろしたものが多いが、自身でも A Second Century of Creepy Stories (1937) という大部な怪奇小説のアンソロジーを編纂している。

ウォルポールの作品には共通した舞台や人物が登場するものが多いが、本書収録の「銀の仮面」の主人公ソニア・ヘリスは、おそらく「ヘリス年代記」の一族の末裔であろう。また、「ルビー色のグラス」の少年ジェレミーと愛犬ハムレットは、Jeremy (1913)、Jeremy and Hamlet (1923)、Jeremy at Crale (1927) の連作の主人公でもある。このシリーズは児童小説の古典として知られている。

長篇（広義のミステリーに分類される作品には※を付した）

The Wooden Horse (1909)
Maradick at Forty : A Transition (1910) ※
Mr. Perrin and Mr. Traill : A Tragi-Comedy (1911)（米題 The Gods and Mr. Perrin）※
The Prelude to Adventure (1912) ※
Fortitude, Being the Tree and Faithful Account of the Education of an Explorer (1913)
The Duchess of Wrexe, Her Decline and Death : A Romantic Commentary (1914)
The Dark Forest (1916)
The Green Mirror : A Quiet Story (1917)
Jeremy (1919)『ジェレミー――幼児の生い立』西田琴訳（岩波書店、一九三七年）

The Secret City（1919）
The Captives（1920）
The Young Enchanted : A Romantic Story（1921）
The Cathedral（1922）
Jeremy and Hamlet（1923）＊その1章が「逃げた友だちとジェレミ」（吉田甲子太郎訳、『空に浮かぶ騎士』、新潮社、一九五六年／再刊・学習研究社、一九七〇年、所収）として訳されている。
The Old Ladies（1924）
Portrait of a Man with Red Hair : A Romantic Macabre（1925）※
Harmer John : An Unworldly Story（1926）
Jeremy at Crale（1927）
Wintersmoon（1928）
Farthing Hall（1929）＊J・B・プリーストリーとの合作
Hans Frost（1929）
Rogue Herries（1930）
Above the Dark Circus（1931）（米題 Above the Dark Tumult）※
Judith Paris（1931）
The Fortress（1932）
Vanessa（1933）

Captain Nicholas（1934）
The Inquisitor（1935）※
A Prayer for My Son（1936）※
John Cornelius（1937）
The Joyful Delaneys（1938）
The Sea Tower: A Love Story（1939）※
The Bright Pavilions（1940）
The Blind Man's House（1941）
The Killer and the Slain: A Strange Story（1942）※
Katherine Christian（1933）＊未完長篇
Behind the Screen（The Scoop, and Behind the Screen, 1983に収録）『屏風のかげに』飛田茂雄訳（『ザ・スクリーン』中央公論社、一九八三年、所収）＊一九三〇年にＢＢＣラジオで放送され、同時に《リスナー》誌に連載されたリレー長篇。一九八三年に初の単行本化。（第1章を担当）※

短篇集

The Golden Scarecrow（1915）
The Thirteen Travellers（1921）
The Silver Thorn（1928）

All Souls' Night（1933）
Cathedral Carol Service（1934）
Head in Green Bronze and Other Stories（1938）
Mr. Huffam and Other Stories（1948）

戯曲

Robin's Father（1918初演）＊ルドルフ・ベジアとの合作
The Cathedral（1932初演／1937刊）＊同題の自作（1922）の舞台化
The Young Huntress（1933初演）
The Haxtons（1939初演／1939刊）

映画脚本

David Copperfield（1934）「孤児ダビド物語」　＊ハワード・エスタブルックとの合作
Vanessa : Her Love Story（1935）
Little Lord Fauntleroy（1936）「小公子」

その他

Joseph Conrad（1916／改訂版1924）＊評伝

The Art of James Branch Cabell（1920）＊作家論
A Hugh Walpole Anthology（1921）
The Crystal Box（1924）＊私家版
The English Novel : Some Notes on Its Evolution（1925）＊講義録
Reading : An Essay（1926）
A Stranger（1926）＊児童書
Anthony Trollope（1928）＊評伝
My Religious Experience（1928）
The Apple Trees : Four Reminiscences（1932）
A Letter to a Modern Novelist（1932）
Extracts from a Diary（1934）＊私家版
Works (Cumberland Edition), 30vols.（1934-40）＊全集
Claude Houghton : Appreciations（1935）＊クレメンス・デインとの共著
Roman Fountain（1940）＊旅行記
A Note . . . on the Origins of the Herries Chronicles（1940）
The Freedom of Books（1940）
Open Letter of an Optimist（1941）
Women Are Motherly（1943）

編著

The Waverley Pageant : The Best Passage from the Novels of Sir Walter Scott（1932）
Essays and Studies 18（1933）
Famous Stories of Five Centuries（1934）＊ウィルフレッド・パーティントンとの共編
A Second Century of Creepy Stories（1937）＊怪奇小説アンソロジー
The Nonesuch Dickens, 23vols.（1937-38）＊共同編集

邦訳短篇（本書未収録作品）

「モッシュウ・フェリシテェ」宮島新三郎訳（『英吉利近代傑作集』、近代社、一九二五年、所収）
「待伏せる敵」"The Enemy in Ambush" 古沢安二郎訳（『年刊世界小説集』、新潮社、一九二六年、所収）
「口笛」"The Whistle" 津山悌二訳（『あの世からやってきた犬』、丸ノ内出版、一九七一年、所収）
「ラント夫人」"Mrs. Lunt" 平井呈一訳（『こわい話気味のわるい話2』牧神社、一九七四年／『恐怖の愉しみ・上』創元推理文庫、一九八五年、所収）
「ストレンジャー」"A Stranger" 若林ひとみ訳（『夏至の魔法』、講談社文庫、一九八八年、所収）
「情のない女」"Having No Hearts" 堀口学訳（『犬のいい話』、心交社、一九九二年、所収）
「ターンヘルム」"Tarnhelm" 西崎憲・柴崎みな子訳（『怪奇小説の世紀3』、国書刊行会、一九九九

三年、所収）

＊この他、《新青年》《ぷろふいる》等の戦前の雑誌や選集にも若干の邦訳がある。

本書は、短篇集 The Silver Thorn（1928）から「敵」「中国の馬」「みずうみ」「虎」の四篇、
All Souls' Night（1933）から「銀の仮面」「ルビー色のグラス」「トーランド家の長老」
「海辺の不気味な出来事」「雪」「ちいさな幽霊」の六篇、
Head in Green Bronze and Other Stories（1938）から「死の恐怖」を収録した
ヒュー・ウォルポール傑作集です。

ミステリーの本棚

銀《ぎん》の仮《か》面《めん》

二〇〇一年一〇月二〇日初版第一刷発行

著者——ヒュー・ウォルポール

訳者——倉阪鬼一郎

発行者——佐藤今朝夫

発行所——株式会社国書刊行会

東京都板橋区志村一—一三—一五　電話〇三—五九七〇—七四二一

http://www.kokusho.co.jp

印刷所——明和印刷株式会社

製本所——大口製本印刷株式会社

装丁——妹尾浩也

編集——藤原編集室

ISBN——4-336-04244-6

訳者紹介

倉阪鬼一郎（くらさかきいちろう）

一九六〇年、三重県生まれ。早稲田大学第一文学部文芸科卒業。作家、翻訳家、俳人。著書に『赤い額縁』『白い館の惨劇』『田舎の事件』（幻冬舎）、『ブラッド』（集英社）、『迷宮Labyrinth』『四重奏Quartet』（講談社）、『屍船』『サイト』（徳間書店）、『活字狂想曲』（時事通信社）、訳書にT・S・ストリブリング『カリブ諸島の手がかり』（国書刊行会）、『ポジオリ教授の事件簿』（翔泳社）などがある。

世界探偵小説全集

31. ジャンピング・ジェニイ　アントニイ・バークリー
32. 自殺じゃない！　シリル・ヘアー
33. 真実の問題　C・W・グラフトン
34. 警察官よ汝を守れ　ヘンリー・ウエイド
35. 国会議事堂の死体　スタンリー・ハイランド

ミステリーの本棚

四人の申し分なき重罪人　G・K・チェスタトン
トレント乗り出す　E・C・ベントリー
箱ちがい　R・L・スティーヴンスン＆L・オズボーン
銀の仮面　ヒュー・ウォルポール
怪盗ゴダールの冒険　F・I・アンダースン
悪党どものお楽しみ　パーシヴァル・ワイルド

世界探偵小説全集

16. **ハムレット復讐せよ** マイクル・イネス
17. **ランプリイ家の殺人** ナイオ・マーシュ
18. **ジョン・ブラウンの死体** E・C・R・ロラック
19. **甘い毒** ルーパート・ペニー
20. **薪小屋の秘密** アントニイ・ギルバート
21. **空のオベリスト** C・デイリー・キング
22. **チベットから来た男** クライド・B・クレイスン
23. **おしゃべり雀の殺人** ダーウィン・L・ティーレット
24. **赤い右手** ジョエル・タウンズリー・ロジャーズ
25. **悪魔を呼び起こせ** デレック・スミス
26. **九人と死で十人だ** カーター・ディクスン
27. **サイロの死体** ロナルド・A・ノックス
*28. **ソルトマーシュの殺人** グラディス・ミッチェル
29. **白鳥の歌** エドマンド・クリスピン
30. **救いの死** ミルワード・ケネディ

＊＝未刊

世界探偵小説全集

1. 薔薇荘にて　A・E・W・メイスン
2. 第二の銃声　アントニイ・バークリー
3. Xに対する逮捕状　フィリップ・マクドナルド
4. 一角獣殺人事件　カーター・ディクスン
5. 愛は血を流して横たわる　エドマンド・クリスピン
6. 英国風の殺人　シリル・ヘアー
7. 見えない凶器　ジョン・ロード
8. ロープとリングの事件　レオ・ブルース
9. 天井の足跡　クレイトン・ロースン
10. 眠りをむさぼりすぎた男　クレイグ・ライス
11. 死が二人をわかつまで　ジョン・ディクスン・カー
12. 地下室の殺人　アントニイ・バークリー
13. 推定相続人　ヘンリー・ウエイド
14. 編集室の床に落ちた顔　キャメロン・マケイブ
15. カリブ諸島の手がかり　T・S・ストリブリング